JN265096

心臓と左手
座間味くんの推理

石持浅海

ISHIMOCHI ASAMI

KAPPA NOVELS

心臓と左手

座間味くんの推理

Contents

目次・扉デザイン　泉沢光雄

貧者の軍隊

ノックの連打が響いた。

「おい、高柳（たかやなぎ）。どうした？　開けろ」

堀（ほり）がドアの向こうに呼びかける。不審に思った警官が声をかけた。

「どうしましたか？」そう言いながらも警官は身構えた。上司から今回の相手はテロリストだと言われている。何かあったら発砲できるよう準備してドアに向かった。

「ドアが開かないんですよ。鍵がかかっている――高柳、聞こえるか？　鍵を開けろ」

堀はなおもノブをがちゃがちゃ動かす。異状を察知した嶋田（しまだ）もドアに近寄ってきた。牛島（うしじま）は玄関から動かず、鋭い目でドアを見ている。堀と嶋田が無理矢理ドアを開けようとする。警官は同僚に背後の守りを頼んで、自らはドアに手を当てた。このドアは内開きだ。二人と一緒にドアを強く押す。確かに何かが引っかかっているかのようにドアが動かない。更に力を込めると、ギギギと耳障りな音がして、ドアが開いた。勢い余って堀がつんのめる。中の様子が見えた。

ゴミの山。

警官の目にはそう映った。空のペットボトル。カップラーメンの容器。あるいはそれらの残骸。灯油が入っているらしいポリタンク。他にも訳のわからないオブジェのようなもの。それらの中心に高柳がいた。

高柳は、大量の血を流して死んでいた。

＊　＊　＊

警視庁の大迫警視は、新宿の書店で見覚えのある顔を見かけた。

二十代後半か三十代前半だろうか。スーツを着た背筋がきちんと伸びている。短く刈り込んだ黒髪の下で、涼しげなまなざしが書棚に向けられていた。視線を追うと、書棚には水族館についての本が並んでいた。その横顔を見つめる。

――間違いない。彼だ。

そう思った瞬間、大迫はその男の肩を叩いていた。

「どうも」

男は不審そうに振り返り、大迫の顔を見て軽く首を傾げた。どこかで会ったことあるんだけど、誰だっけ――そういう顔だ。大迫はヒントを出した。

「君、何年か前、ハイジャック事件に巻き込まれなかったかい？　沖縄で」

男の表情が変化した。

「……ああ、あのときの刑事さん」

思わず顔がほころぶ。「憶えていてくれたか」

「忘れるわけないです」彼は迷惑そうな表情を見せた。「あのときは取り調べで、ずいぶんといびられましたから」

「別にいびっちゃいないだろう」

大迫は苦笑せざるを得ない。あの事件で、彼はハイジャッカーと行動を共にしているように見えた。あのとき機内で何が起きたのか。それを正確に把握するためには、彼からできる限りの情報を得る必要があったのだ。だから取り調べに熱が入ったことは認める。けれど最終的には、彼が人質となった子供を守るために全力を尽くしたことが確認されて、警察から感謝状が贈られたはずだ。大迫がそのことを言うと、「あんなもの食えない」と一蹴された。

「じゃあ、食えるもので償うよ」大迫は親指で後ろを指した。「今から一杯どうだい？　おごるよ」

男の眉が動いた。「怖いな。警察の人におごってもらうなんて」

「別に他意はないよ」

本当だった。あの事件の際、大迫は事情聴取に立ち会った。そのときの、身体の中心に太い筋が通ったような彼の姿に、大迫は好感を持ったのだ。仕事を離れてつき合ってみたい。彼にはそう感じさせるものがあった。事件中に関係者が呼んでいた『座間味(ざまみ)くん』というニックネームを気に入っていたということもある。

大迫は彼を書店から連れだした。近所にはなじみの小料理屋がある。いつも使う個室が空いていたので、そこに腰を落ち着けた。

「今日はどうして東京に？　なにかの事件ですか？」

ビールで乾杯した後に、彼が聞いてきた。そうか。沖縄で会っているから、自分を沖縄県警の人間だと思っているのか。

「いや、私はもともと警視庁の人間なんだよ。あのときは空港警備の手伝いで沖縄にいただけでね」

「あ、そうなんですか」

「君こそ、奥さんがいたんじゃなかったっけ。誘っちゃったけど、迷惑だったかな」

彼はビールを飲み干して、首を振った。

「今はお産で実家に帰っていますから。久しぶりの独身生活ですよ」

小さい笑みを浮かべる。魅力的な笑顔だった。彼のグラスにビールを注いでやる。

しばらくは事件について、他愛のない思い出話をした。実は大迫は、彼が事件について何かを隠しているのではないかと疑っている。彼だけではない。客室乗務員や、一部の乗客も、なぜか結託して事件の核心を隠している。そんな気がした。けれどそれは明らかにされず、事件は表面的には解決している。今夜の彼も、そのことについて語るつもりはないようだ。大迫も無理に聞こうとは思わなかった。自分は真相を究明する仕事をしているが、現実主義者でもある。表面的にしろ終わった事件を蒸し返す暇があったら、今現在起きている事件を解決しなければならないのだ。

今現在起きている事件。

大迫は事件のことを思い出した。そしてハイジャック事件で重要な役割を果たしたと思われる男性が目の前にいる。もしここで彼に事件の話をしたら、どういう反応を示すだろうか。大迫はちょっと悪戯心を起こした。

「君、『貧者の軍隊』を知ってるかい？」

彼は箸を止めた。

「ひんじゃのぐんたい？　――ああ、そんな過激派がいましたね。ときどきテロ事件を起こしている」

「そうそう」

「それがどうかしたんですか？」

「いやね。そいつらを近々捕まえられそうなんだよ」

「それはよかったですね」彼は無感動に言った。箸の動きを再開する。「おめでとうございます」

「それが、あまりめでたくもないんだ。ちょっとした難問にぶつかっていてね」

「なんです？」

「君は」大迫はビールを飲んだ。「密室殺人って信じるかい？」


「一カ月くらい前のことだ。都内で交通事故が起きて、運転していた男性が死亡した」大迫はそう切り出した。

「泥酔状態だったらしい。センターラインを越えて、対向車と正面衝突。シートベルトもしていなかった」

「自業自得だ」彼が短く言う。

「そのとおり。だが、話はそこで終わらない。事故を起こした車内から、興味深い書類が見つかったんだよ。それは、貧者の軍隊がマスコミに出した犯行声明の、草稿だったんだ」

「犯行声明？」

「そう。君は貧者の軍隊について、どの程度知ってる？」

彼はゆっくりと首を振った。「たいしたことは知りません。メンバーも思想背景も不明であること。テロの標的は社会的地位の高い人間であること。簡単な材料を使って作った武器で、驚くほど効果的に目的を達成すること。他人を巻き込まないこと。金を要求しないこと。犯行声明では必ず標的の悪事を告発していること。マスコミの追跡調査で、犯行声明の告発が真実だったと証明されること――」

「それだけ知ってれば十分だよ」

よく知ってるねと大迫が言うと、彼は面白くもなさそうに答えた。「家内が夕食のとき話題にするんです」

「ああ、そうか。奥さんは時事問題に詳しいんだっけ」

「よくそんなこと憶えていますね」

「警官だからね。それはともかく、貧者の軍隊とはそういう組織なんだよ。無責任なマスコミが『現代の仕置き人』と持ち上げたりしたおかげで、警察は苦々しい思いをした」

「そうでしょうね」彼が賛意を示した。「標的が誰であれ、テロはテロですから」

「そういうこと。でも、連中はなかなか尻尾をつかませてくれなかった。そこに飛び込んできたのが、交通事故の情報だ。そいつの名前は植松といって、中堅機械メーカーで総務をやっていた。前科なし。過去に遡って調査してみたが、特定の政治団体や宗教団体と接触した事実はなかった」

「でもその男はメンバーだった、と」

大迫はうなずく。「マスコミに届いた犯行声明は、全文が公開されているわけじゃない。犯人を特定するときのために、犯人しか知り得ない重要な箇所は省いて発表されるんだ。そして車内から見つかった草稿には、公表されていない文章が書かれてあった。草稿には赤ペンで修正が入れられていたが、それは植松自身の筆跡だった。奴がメンバーであることは間違いない。犯行声明はなかなかの名文だ。植松は組織の広報担当だったと考えられている」

彼の目が鋭くなった。「広報担当」

「でも、すでに死んでいるから、芋蔓式にメンバーを捕まえられない。だから我々は植松の身辺を徹底的に洗った。そして彼には隠れ家があったことを突き止めた」

彼はちょっと笑った。目つきが戻る。「隠れ家とは、またたいそうな」

「自宅とは別に、友人たちと共同でマンションを借りていたんだ。防音性能のしっかりとした、なかなか洒落たマンションだ。植松は三十過ぎだがまだ独身で、親と同居していた。時間が取れると親から逃げ出して、マンションで過ごしていたらしいんだな」

「なるほど。その、共同でマンションを借りた友人たちというのが……」

「貧者の軍隊だ」

大迫は話を中断して、日本酒を頼んだ。

「熱燗でいいかい？」

「つき合います」

徳利と猪口が運ばれてきて、お互いに湯気の出る酒を注ぐ。

「植松とマンションを共有していたのは四人。いずれも植松の大学時代の友人だ。嶋田、堀、牛島、そして高柳という。彼らの身辺も徹底的に調査した。結果は植松と同じ。前科もなければ、なにかの思想にかぶれた経歴もない。高柳を除いて、みんな真っ当な会社に勤めている。現代日本を支えている典型的なサラリーマンたち。そんな連中だ」

彼は不思議そうな顔をした。「それなのに、どうして過激派と判断したんですか？」

大迫は困ったように笑った。「警察にもその程度の調査力はあるよ。手掛かりのないところから個人を特定するのは難しい。しかし特定の個人が怪しいかどうかを調べるのは、さほど難しいことじゃないからね。細かいところは省くけれど、彼らの立場、知識、能力が貧者の軍隊にぴったり合っているんだよ。よくこれだけの才能がうまく集まったものだ——そんな感じなんだ」

「詳しく聞きましょうか」

大迫はひとつうなずいて熱燗を飲む。

「リーダーは嶋田だと思われる。大手広告代理店勤務。そこで某政党の政策立案をやっている。そんな仕事をしていると、いろいろと裏の情報が入ってくるものなんだ。嶋田はその情報網からターゲットを設定していたらしい。いつ、どこで、どのようなダメージを標的に負わせるかを決めるのも奴だ。いわば企画立案担当といえる」

「毎日忙しいだろうに、せっかくの休日をテロで潰すとは、気の毒に」

彼は大げさに同情してみせた。

「趣味なんだろう。次の堀は大手銀行に勤務している。エリート行員らしいな。近々ニューヨークの支店に栄転するという話があるそうだ。堀の役割は資金調達担当。ここだけの話だが、銀行のシステムに精通した人間だと、誰にも損をさせずに自分の隠し口座に金を入れることができるらしい。堀にもそれを行ったと匂わせるものがある。もちろん銀行はそれに気づいていない」

「へえ」彼が感心したような声をあげた。「それって犯罪にならないんですか?」

大迫は首を振った。「当時は取り締まる法律がなかった。証拠も残っていない。牛島はコンピュータープログラマー。天才的ハッカーだ。実は警察も、とある事件で奴に捜査協力を依頼したことがある。見事なテクニックで犯人の正体に迫ってくれた」

「そいつは情報収集担当ですか？　嶋田が決めたターゲットが、本当に罪を犯しているのか、証拠を集める」

「そのとおり。実際、犯行声明に添付された証拠書類の中には、被害者が経営する会社のコンピューターに入り込まなければ得られないものも含まれていたんだ」

彼が眉を寄せる。「捜査に協力した際に、警察のコンピューターにも侵入できる道を造ったのかも知れませんね」

「よしてくれ。本気で心配しているんだ」大迫は手を振った。「最後は高柳。こいつだけは定職に就いていない。工科系の大学院を優秀な成績で修了している。共同研究先の電機メーカーが熱心に誘ったにもかかわらず、それを断ってフリーターになった。相当な変人らしい。こいつが武器製造担当だ。この男を調査したところ、技術者というよりは、街の発明家に近い印象を受けた。どこにでも転がっている日用品を使って、とんでもない武器を作るんだ。カップラーメンの容器と砂糖を使った爆弾。ペットボトルと灯油の焼夷弾。家庭用洗剤を使った催涙ガス——。これらの武器が標的を外したことは、一度もない」

「それはすごい」彼が感嘆の声をあげた。「そういえば家内が言っていました。貧者の軍隊が一度でも標的以外の人間を傷つけたりしたら、彼らは極悪人と呼ばれていただろう。それがないからこそ、そして標的が間違いなく犯罪者だったからこそ、世間から世直し人ともてはやされているんだ、と」

「そのとおりだよ。貧者の軍隊の活動は、高柳の作る武器が正確に作動することが前提となっている。その賃貸マンションには、テロに必要な人材のすべてが揃っている。企画、資金、情報、広報、そして武器。おそらく奴らに思想的な背景は何もない。本当に世直しをやっているつもりなんだよ。現代社会に蔓延するモラルの欠如を正そうと、学生時代の友人たちが立ち上がった。それぞれの技能を駆使して、サラリーマン生活の合間にテロ活動を行う。それが貧者の軍隊なんだ」

彼が失笑した。「余暇活動でテロを起こされたんじゃ、たまったもんじゃない」

「まったくだ。しかし証拠がない。仕方がないから隠れ家を襲うことにした。連中がテロ活動の拠点としてマンションを借りているのは明白だ。捜査令状を取って、マンションを家宅捜索することにしたんだ。植松だけは物的証拠を握られている。奴の立ち寄り先を捜索するのだから、令状を取るのは簡単だ。マンションに見張りを付けて、残り四人が隠れ家に集まったタイミングを逃さず押し入って、証拠を押さえると同時に全員の身柄を確保する。そういう計画だった。ところが、そこで厄介な事態に遭遇したんだよ。それが――」

「密室殺人」

彼が言い、大迫がうなずいた。二人ともちょっと黙って酒を飲む。合間にハタハタやシシャモの焼き物が消える。

「相手はテロリストだ。テロ活動に使用されていた武器を考えても、どんな防護策がマンションに施されているか見当もつかない。部屋ごと自爆する可能性すら考えて、家宅捜索は慎重に行うことにした。いきなり押し入って強引に取り押さえるとか、そういうことはしない。玄関から入り、紳士的にメンバーを呼ぶ。全員が手ぶらで玄関に集まったところで彼らを確保し、部屋中を捜索する。そんな感じで進めることにした」

「なるほど。最初から居丈高だと、部屋の奥に逃げられて厄介なことになりそうですね」

「そういうことだ。土曜日の朝だった。張り込みしていた刑事が、金曜日の夜に全員マンションに集まったことを確認していた。植松が死んでから、全員がマンションに集まったのは、これがはじめてのことだ。このチャンスを逃がすわけにはいかない。一気に勝負に出ることにした。集められた警官は二十名。十名が内部を捜索し、十名がマンション周辺を見張る。まあ連中の部屋は五階だったから、窓から飛び降りたりしたら死んでしまうがね。打ち合わせどおり警官は呼び鈴を押して鍵を開けさせ、令状を見せた。対応に出たのは牛島だった。寝ているところを起こされたらしい。まだ半分寝ていて、令状を見ても、何のことかわからないという顔をした」

「へえ」彼が声をあげる。「動揺を顔に出さなかったんですか？　たいした胆力だ」

「そうだな。牛島は奥の方に声をかけて、嶋田、堀、高柳を呼んだ。嶋田と堀が奥の部屋から出てきた。前の晩に深酒をして、今まで寝ていたという。ダイニングキッチンのテーブルには、空になった酒瓶やつまみの空き袋が散乱していた。嶋田も堀も、どうして警官が大勢来たのかわからない、という顔をしていた。死んだ植松が犯罪に関わっていた疑いがあるから、彼の立ち寄り先を当たっているのだと説明すると、じゃあ調べてくださいと言った。しかし高柳がまだ出てこない。武器担当の高柳を空身の状態で確保しなければ危なっかしい。高柳の居場所を聞くと、堀が呼んできますと言って奴の部屋に向かった」

彼が聞きとがめた。

「奴の部屋？　共同で借りていたんじゃないんですか？」

「連中の証言では、高柳だけは三つある個室の一つを独占していたらしい。その分多めに家賃も負担していたということなんだが、堀が向かったのがその部屋だ。最初はノックして高柳の名前を呼んだが出てこない。堀のノックと声が次第に大きくなって、しまいには身体でドアを開けようとした。さすがに不審に思って警官がドアに向かった。嶋田は堀を手伝っていた。警官もだ。牛島はその様子を他人事のように見ていた。結局三人の力が勝り、耳障りな音がしてドアが開いた。おかげで中の様子が見えたが、そこで高柳が死んでいたんだ」

彼が顔をしかめた。ハイジャック事件のことを思い出したのかも知れない。あの事件でも、人が死んだ。

「死因はカミソリで首を切っての失血死。カミソリは右手のそばに落ちていた。それが凶器だと確認されている。傷の状態は、自殺でも他殺でもできうるものだった」

「でも警察では自殺と思っていないわけだ」

「そのとおり」大迫は熱燗を飲み干し、徳利の追加を注文した。

「死後四時間近く経っていた。警官が来たから、観念して自殺したわけじゃないらしい」

「家宅捜索は朝でしたね」彼が確認するように言った。「その四時間前ということは、その人が死んだのは深夜か明け方ですか」

「死亡時刻は、午前四時から五時の間と推定されている。三人の証言では、金曜日の夜に、植松を偲んで飲もうという話になっていたらしい。全員で痛飲して、そろって潰れた。高柳が眠いと言って部屋に引っ込んだのが、最後の姿だったということだ」

「それが何時ごろですか？」

「泥酔していたのではっきりとはしないが、日付が変わる前後だろうということだ」

「なるほど。要するに死亡推定時刻にはみんな眠っていたと証言しているわけですね」

「そのとおり」大迫はまた言った。賢い人間を相手にすると話が早い。「高柳の部屋は、武器の部品でぐちゃぐちゃだった。ペットボトルやカップラーメンの容器、新聞紙にアルミホイルの芯、そういったものが床一面に散乱していた。警察で調べたところ、これらが貧者の軍隊で使用された武器の部品だということがわかった。高柳が貧者の軍隊のメンバーであることも証明されたわけだ。ところが家宅捜索をしても、後の三人が関わっていたという証拠が見つからなかった」

彼がまた不思議そうな表情を浮かべた。

「共同でマンションを借りていた人間のうち、二人までがメンバーであるという証拠が見つかっている。しかもそのうちの一人はマンションの一室で作業していたこともわかっている。それは証拠にならないんですか？　あるいは、植松さんと高柳さんがテロ活動をしていたことを、黙認していたというような罪には？」

「ならない」大迫は残念そうに言う。「まず植松だが、奴が犯行声明を打ったパソコンが見つかっていない。マンションにも、自宅にもなかった。三人は、少なくとも自分たちがいるときに、植松がこのマンションでパソコンを使ったことはないと証言している。植松が一人でいるときにはあったかも知れないが、と但し書き付きでね」

「うまいな。それで？」

「高柳については、彼は自分の部屋に誰かが入ることを、極端に嫌がっていたと証言している。自室にこもるときは鍵をかけて、中で何か作業していたようだったと。でも何をやっているかを見たことはないと言っている」

「一度も？」

「マンションにいるときは、お互いのことには不干渉というルールがあったらしい。経済的に多少余裕のある男たちが、自分の空間を求めて共同で部屋を借りるというのは、あまり珍しくない。交代で自分の城として使用したという話は、一応筋が通っている」

「私がそんなことをやったら、家内に殺されますがね」

「家庭によるさ。おまけに、三人とも口を揃えて、最近高柳がなにかに悩んでいたようだと証言している。メンバーである植松が死んで、自分の正体もばれたのではないかと心配している、ということを匂わせているわけだな。そして悩んだ挙げ句に自殺したと。三人の証言に矛盾はないんだ。共同で借りたマンションを利用して、うち二人がテロ活動をしていた。残りの三人はそれを知らなかった。我々にはその筋書きを崩す材料がない。確かな証拠を握られたメンバーはすでに死んでいるから、証言もできない」

「口封じ、ですか」

「そうだ。警察は、高柳は他の三人によって口封じのために殺されたとみている。三人は、貧者の軍隊としての活動の証拠を残していない。一方高柳は部屋中に武器の部品をまき散らしている。高柳の口をふさいでしまえば、すべて奴の責任にして自分たちは逃げ切れる。しかし、その仮説をうち砕いてしまうのが、あの部屋が密室状態だったということなんだ。そのからくりが解けない以上、三人を逮捕できない」

「それはそうだ」彼は面白そうに言う。「内側から鍵がかけられた部屋で人が死んでいたら、普通に考えれば自殺でしょう。関係者が胡散臭いというだけで殺人と決めつけるのは、いかがなものかと思いますが」

大迫は苦笑を浮かべた。「そう言うなよ。警察にとっては重大問題なんだ。このままでは貧者の軍隊は二人で構成されていて、一人は事故死、もう一人は自殺ということで片づいてしまう。テロリストが三人も野放しだ」

「それは困りますね。じゃあ、その密室の状態を詳しく聞かせてください」

「そのつもりだよ。窓は内側から鍵がかけられていた。普通のクレセント錠だ。内開きのドアの方には防犯用の補助錠が嚙まされていた。ほら、二枚の板が平行にねじで留められていて、その板をドアとドア枠の間に差し込み、ねじを回すことによって二枚の板の間隔が開いて、ドアとドア枠を固定するやつだ」

彼は具体的なイメージを思い浮かべるように宙を睨んだ。「ああ、窓によく取り付けるやつですね。窓と窓枠の間を突っ張って、間隔を無理矢理広げることによって開閉をさせないようにするタイプの。人工的に立て付けを悪くするわけだ」

「そう、それだよ。それが内側からかけられていた。しかしこのタイプの鍵は、力でこじ開けることができる。だから今回の場合も、無理矢理ドアを押すことによって開けられたわけだな。ドアを開けるときの耳障りな音は、ドアとドア枠から鍵が無理矢理取り除かれたときの、木と鍵がこすれる音だったと思われる。鍵はドアの近くに落ちていたし、ドアとドア枠には鍵がこすれてできたと思われる擦過痕があった」

「なるほど」彼は熱燗を飲んだ。「外から力ずくで開けることはできても、鍵自体は内側からしかかけられない。それで密室ですか」

「そう。鍵としては頼りないが、密室をアピールするには格好の道具だ。他の鍵と違って、外からかける方法は全くない」

「他に鍵はなかったんですか？」

「なかった」

彼は一つうなずいて、酒を飲んだ。なかなかいける口のようだ。顔は少し赤らんできたが、全然酔ったように見えない。

「ちょっと聞きたいんですが」彼は言った。

「なんだい？」

「彼らは、いい店子（たなこ）だったんでしょうか」

「え？——ああ、大家さんや近所の人の評判かい？」

「そうです」

「上々だよ。家賃を滞納したこともないし、近所から苦情が来たこともない。目立たないように、細心の注意を払っていたようだ」

「男たちが何人も不定期に訪れていて、両隣の住民は気味が悪くなかったんですかね」

「そんなことはなかったらしい。というか、両隣とも、あの部屋の住人を見たことがなかったんだ。迷惑をかけられなければ問題ないから、何の関心も抱かなかったようだ」

「そんなもんですか。もう一つ。植松が事故死するまで、警察は貧者の軍隊について、全然正体をつかんでいなかったんですよね」

「悔しいが、そのとおりだよ」

「テロ事件の際、彼らが何かへまをしたということは？」

「なかった。今まで行われたテロは完璧だった。美しささえ感じさせたね」

「すると、仮に彼らが次のテロを実行したとしても、防ぎようがなかった」

「そのとおりだよ」大迫が顔をしかめた。「君も次々と嫌なことを言うなあ」

「すみません」彼は素直に謝った。

「でもまあ」大迫はため息をついた。「連中はもう活動できない。武器を作る高柳が死んでしまった以上、今までのような完璧なテロは不可能だろう。失敗すれば、今まで築き上げてきたものがすべて崩れ去ってしまう。それに、生き残った三人には警察の監視が付く。貧者の軍隊は実質的に崩壊したんだよ。事件は解決していないけれど、事件は終わっているんだ。だから君に話したんだけどね」

大迫はそう言ったが、彼は答えなかった。視線が宙をさまよっている。何か考え事をしているようだ。大迫は黙って彼の発言を待った。沈黙は長い時間ではなかった。

「刑事さん」彼は口を開いた。「さっき、警察は他殺だと思っているけれど、密室のからくりが解けないから逮捕できないと言っていましたね」

「ああ、言ったよ」

彼は小さく息を漏らした。

「からくりを考えてはいけません。考えなければならないのは、なぜ密室なんかが出現したのか、なんです」

「刑事さんのお宅は、持ち家ですか？」

彼は唐突に聞いてきた。

「ああ、ボロ家だがね。一応一軒家だよ」

「だから気づかなかったんでしょう。私は借家に住んでいるからわかりました」

「どういうことだい？」

「貧者の軍隊の面々は、警察にマークされていなかった。普段はきちんと職に就いていて、一般社会に溶け込んでいた。怪しまれないように、周囲とのトラブルは極力避けていた。実際いい店子だとして、家主ともご近所ともうまくやっていた。借家に関するトラブルで最も多いのはなんだか知っていますか?」

「えっと」大迫は考える。「まず騒音だな。それからペット。後は……」

「部屋の改造です」彼は言った。「借家は、原則的に釘一本打てません。退去時には入居時の状態に戻すのが条件だからです。それなのに、つい使い勝手がいいように手を加えてしまい、退去時に大家ともめるんです」

「ああ、そうか」大迫は納得した。自分は持ち家だから、気軽に釘を打ったり、壁紙を張り替えたりしている。柱に子供の身長を彫りつけたりもしている。確かに借家ではそんなことはできないだろう。でも、それがどうしたというのだろうか。

「いいですか?」彼はゆっくりと諭すように言った。「マンションの個室には、鍵なんか付いていない。あたりまえですね。マンションは本来家族で住むものですから、それぞれの個室に鍵は必要ない」

「それはそうだが……」

「変じゃありませんか。三人の証言では、高柳さんは自室に入られることを極端に嫌がったということでした。実際彼らも中を見たことはないと。けれど高柳さんだって、自分の部屋にこもりっきりということはないでしょう。そこは自宅ではなくて、あくまでときどき行く場所なのですから。自分が部屋を空けているとき、他の人間が部屋に入るのを防ぐには、どうすればいいと思いますか？」

「鍵をかけてから、外出する……」

「そう」彼は満足そうにうなずいた。「そうしなければおかしいんです。けれど高柳さんがいたのは賃貸マンションだ。大家とのトラブルを防ぐために、鍵は付けられなかった。家宅捜索したとき、密室を構成した鍵以外には、鍵はなかったと言っていましたね？」

「ああ、そのとおりだ」

「刑事さんは三人の証言に矛盾はないとおっしゃいましたが、矛盾だらけですよ。彼らの証言が正しければ、高柳さんは部屋でやっていたことを三人に隠すために、部屋の外に鍵を取り付けなければならない。でも、そんな鍵はなかった。高柳さんが部屋で何をしていたかを全員が知っていたからこそ、鍵を付ける必要がなかった。そういうことです。証言の中の、高柳さんが部屋に入ると中から鍵をかけて何かやっていた、というのもおかしい。仮に三人がメンバーではなかったとしても、学生時代からの友人です。自分が部屋にいるのなら、入れなければいいだけのことです。口で入るなと言えば、誰も入りませんよ。内側の鍵なんて必要ない。彼らの言うことが正しいのなら、本来あるべきはずの外側の鍵がなく、不必要な内側の鍵がかけられていたことになる。さっきから密室密室って言っていますけど、賃貸マンションで自然な密室ができること自体がおかしいんです。それでも密室があったってことは、それは作られた密室なんです」

「……………」大迫は返事ができなかった。彼の指摘したことは、警察がまったく見逃していたことだからだ。警察ははじめから連中をテロリストとして考えていた。テロリストだから、内側から鍵をかけるのも当然。そう考えていた。心理的盲点を、彼は正確についたのだ。呆然とする大迫に、彼は優しく言った。

「しょっぴいて鍵の矛盾について追及すれば、犯人は白状しますよ」

「それじゃあ――」大迫はなんとか態勢を立て直そうとした。「どうやって、あの鍵を、かけたんだ?」

「どうにかしたんでしょう」彼は素っ気なく言った。「犯人がどうやったのかはわかりません。でも、私ならこうするというやり方はあります」

「聞こうか」

彼はちょっとの間、考えをまとめるように宙を睨んだ。

「まず、高柳さんを酔い潰します」

「うん」

「次に彼を部屋に運び、自分も入ります。そして補助錠を使って鍵をかける」

「うん」

「その状態のまま、思いきりドアを引っ張って、無理矢理ドアを開けます。耳障りな音がして補助錠が外れ、ドアが開きます。その結果、ドアと枠には補助錠とこすれた跡が残り、補助錠は下に落ちます。他のメンバーも酔い潰れているから、音を気にする必要はない。防音性能に優れたマンションだから、近隣の住民も気にしなくていい。それから犯人は、高柳さんの喉をカミソリで切って殺す。カミソリは右手の近くに投げておく。高柳さんが絶命したことを確認してから、ドアからリビングへ出る」

「え？」思わず大迫は問い返した。「それじゃあ、密室でも何でもない……」

「そうですよ」彼は当然のように言った。「ここからが工夫です。犯人はカップラーメンの容器を潰して、ドアの下に挟んでおいたんですよ。それだけでドアは開きにくくなります。そして無理矢理開ける。ぎゅうぎゅうに押し込んでおけば、材質がプラスチックでも開けた際にドアとこすれて、嫌な音がする。カップラーメンの容器程度の硬さのものだったら、音がするだけでドアにも枠にも傷は付かない」

「……」大迫は不覚にも固まってしまった。そんなに簡単なことだったのか？　現場を思い出してみた。現場には、武器の材料になるペットボトルやカップラーメンの容器が、様々な形状で散乱していた。そのうちの一つが潰された形でドアの下に挟まっていたとしても、おかしくはない——。

「ただこの方法には、ひとつ問題があります」彼は付け加えた。「ドアの外側から押し込んだのでは、外側からそれが見えます。犯人はそれをフォローする手段も考えていました。犯人はドアの前に立って、外にはみ出した部分を足で踏んで隠したんですよ。そしてドアを開けたとき、つんのめったふりをしてそれを蹴飛ばす。それで他の材料と混じってしまって、区別がつかなくなります。はい、密室殺人完了」

大迫はしばらく黙っていた。彼も言うべきことは言ったというように、黙って酒を飲んでいた。

「確かに」ややあって、大迫は口を開いた。「君のやり方で目的は達成できそうだ。高柳の部屋にあったものは、すべて押収してある。その中から不自然に折り畳まれた材料を探して、ドアの破片やニスの付着したものを探せば、証拠になるかもしれない——よし、これであの三人を逮捕できる」

大迫は意気込んだが、目の前の男は冷たかった。「三人は無理かもしれません」

「え?　どういうことだい?」

彼は徳利を逆さまにして、最後の酒を猪口に注いだ。

「犯人は三人ではなくて、一人なのだと思います」

「……」

大迫には、彼が何を言っているのか、よくわからなかった。ただ思い出したことがある。さっき密室のトリックを説明していたときに、「他のメンバーも酔い潰れているから、音を気にする必要はない」と言っていた。彼ははじめから犯人は一人だと考えていたのだ。

「彼らはまったくマークされていなかった。これまでの事件でも尻尾をつかまれるようなことはしていない。高柳さんは死ぬ直前まで、新しい武器を作る気満々だった。放っておいたら、またテロを繰り返したでしょう」

「そうだな」

彼はひと口酒を飲んだ。

「そんなとき、もしメンバーの誰かがテロを止めようと考えたなら、どうすればいいと思いますか?」

「え……?」

「企画立案、資金調達、情報収集、広報。確かに重要な仕事です。でもこの組織の場合、代わりが利く種類の仕事だと感じました。一方、武器だけは高柳さんでないと作れない。つまり高柳さんこそが、この組織の最重要人物なのです」

「……」

「いくら志が高かろうと、テロは犯罪です。ばれたら捕まる。それをやってしまった時点で、他のメンバーに対する裏切りは許されなくなりました。でも、その人物は組織を抜けたがっていた。彼はどうしたか。高柳さんを殺して、組織としての活動を継続できないようにしたんですよ。そうなれば、貧者の軍隊は解散せざるを得なくなる。それが彼の狙いでした」

「……」

「高柳さん一人を殺して、メンバーは解散する。それだけで済めばいいのですが、そうはいかない。彼は警察を甘く見てはいなかった。警察は貧者の軍隊が解散したことを知らず、捜査を続ける。なにかの弾みで自分に辿りつかないとも限らない。あるいは高柳さん殺しが自分の仕業だと他のメンバーにばれて、粛清されるかもしれない。それを防ぐために彼が選択したのは、警察に貧者の軍隊の正体を明かすことでした。警察は貧者の軍隊のメンバーを特定する。しかし彼らはすでに死んでいた。他に関与した人間はいない。そういうふうにね。そのために彼は、まず植松さんを殺した」

「ええっ！」

大迫は思わず身を乗り出した。空になった徳利が倒れる。彼はきょとんとした顔で大迫を見た。どうして驚くのか、というふうに。

「だって、他の証拠はまったく見つかっていないのに、犯行声明の草稿だけが車内にあったなんて、不自然すぎますよ。目立たないように細心の注意を払っていた人が泥酔して車を運転するのも変だ。植松さんは犯人の罠にはまったんです。そして植松さんの死は、警察に対するメッセージでもあった。賃貸マンションに来てください、と」

大迫は唾を飲み込んだ。「警察はそこで密室に遭遇する……」

彼はうなずく。「警察が踏み込むのは、四人が揃ったときだと予想できた。逆にいえば、警察が来る日を自分で設定できたのです。だからタイミングを誤らずに高柳さんを殺すことができた。密室の謎が解けない以上、高柳さんは自殺です。あなた方がいくら疑おうとも、貧者の軍隊は高柳さんと植松さんだけだと結論づけざるを得なくなる。他のメンバーだってそうです。彼らは植松さんが殺されたことも、車内に草稿が残っていたことも知らない。植松さんが証拠を残しているはずがないと思いこんでいたから、何の対策もとらずにマンションにいた。だから突然の家宅捜索に為すすべもなかった。ただ、彼らは証拠を残していない。マンションに踏み込まれて困るのは、作業をしていた高柳さんだけ。高柳さんが自殺したというシナリオは、他のメンバーにとってもありがたいものでした。なにぶん賢い連中のことです。自分が怪しまれないようにとうまく話を合わせて、犯人の望むとおりの対応をしてしまった。こうして犯人は、他のメンバーに疑われることもなく、警察に捕まることもなく、普通の社会人に戻ったのです」

「し、しかし」大迫は疑問をぶつける。「なぜ植松まで殺したんだ？　高柳殺しのために警察を呼ぶのなら、他にも方法はあっただろうに」

「組織の人間で、世間に手掛かりを残しているのが、植松さんと高柳さんだからですよ。植松さんは犯行声明。高柳さんは武器。尻尾をつかまれた場合、彼らはごまかしようがありません。だから高柳さんだけではなく、植松さんも殺す必要があった。三人の総意ではなく、一人だけの犯行と考えた理由もそこにあります。嶋田さん、堀さん、牛島さんの三人が結託してその二人を殺したのだったら、植松さんも高柳さんも、そっと消えたでしょう。犯人が一人で、機動力に限界があるからこそ採られた手段でした。犯人は警察の力を借りるしかなかったのです」

「その犯人というのは……」

大迫は質問しながらも、答えが浮かんでいた。彼がそれを言葉に出した。

「堀さん、でしょうね。最初にドアの前に立ったのは彼だ。堀さんは大手銀行での出世コースに乗っていて、ニューヨーク支店への栄転が決まっていたそうですね。彼は友人たちとの志よりも、今の立ち位置での出世を選んだんです。それは、テロを起こす側から受ける側への転向を意味します。そのためにも、貧者の軍隊は潰しておく必要があった。まあ、これはうがちすぎですか」

彼は最後の酒を飲み干した。

「テロによる世直し。なかなか面白い夢です。でも、現代社会においては夢にすぎません。話を聞いた限りでは、残ったメンバーはなかなか有能そうだ。叶わぬ夢は早めに捨てて、自分のできる範囲で頑張ってもらった方が、ずっと世の中のためになるでしょう」

彼は猪口を置くと、大迫の目を見つめた。

「刑事さん、そう思いませんか？」

心臓と左手

その家は、近所の人間が誰も近づかないことで有名だった。

そのことは地元の警察官もよく知っていた。近隣の住民はその家に出入りする者たちから実害を受けたわけではなく、ただ薄気味が悪いから近づかないのだということも。だから「あそこで騒ぎがあったようだ」と通報を受けたとき、大いに戸惑い、同時に「ついに起きたか」という納得も感じながらその家に向かった。

その家で日常的に何が行われていたのか、警官は知らない。彼が知っているのは、そこが新興宗教団体の拠点であり、信者らしい人間が頻繁に出入りしていることだけだ。新興宗教というだけで怪しい——それが警察官である彼の常識だった。だからなにがあっても驚かないよう心の準備をして、玄関のドアを開けた。

それでも彼は驚いた。

警官を待っていたのは、血まみれになって倒れている男女三人と、左手を切断され胴体を切り開かれた死体がひとつだったのだ。

＊　＊　＊

警視庁の大迫警視が待ち合わせ場所に着いたとき、彼はすでに到着していた。

新宿の大型書店。大迫が彼と再会した場所だ。彼はそのときと同じように、革のコートに包まれた背筋をスッと伸ばして、陳列されたダイビング雑誌を眺めていた。その姿を見て、大迫はかつて彼が「子供が生まれたら、海に行くどころではなくなりました」と言っていたのを思い出した。せめて雑誌を見て、沖縄の海に思いを馳せようとしているのだろうか。

その彼が大迫に気づいた。「どうも」と軽く会釈をして、ダイビング雑誌を手に取った。大迫も笑いかける。レジで会計を済ませて、二人で本屋を出た。

「じゃあ、行こうか。近くに海鮮鍋の店があるんだけど、どうだい？」

「いいですね」

彼が承諾してくれたので、大迫はその店に電話をかけた。いつも使う個室を確保してもらい、彼を連れて行った。

「勝手に海鮮に決めてしまったけれど、迷惑だったかな」

おしぼりで顔を拭いた後、大迫はそう言った。女房は嫌うんですが、と言いながら同じように顔を拭いた彼は、首を振る。

「いえ。実は私も海鮮の気分だったんですよ。なにしろつい先週まで、ずっとアメリカにいたものですから」

「アメリカ？」

「はい。会社の長期出張です。三カ月間、シカゴにいました」彼は笑顔を作った。「テロ以降、アメリカはセキュリティに厳しくなりましたね。近いうちに空港でも生体認証が導入されるそうです。生体認証によるセキュリティシステムが実用化されたのは知っていましたが、空港にまでとはね。やりにくい国になりました」

その言葉に、大迫の心が一瞬揺れる。大迫が彼と知り合うきっかけになったのは、那覇空港でのハイジャック事件だったのだ。彼が『座間味くん』と命名されたあの事件では、大迫が那覇空港の警備に関わっており、彼は乗客として人質になった。彼に申し訳ない気持ちが久しぶりに湧きあがったが、彼は当時のことに触れるつもりはないようだ。彼は目の前の魚介類を嬉しそうに見つめていた。

「それはともかく、困ったのは食生活です。平日はステーキとハンバーガー、週末はバーベキューばかりでして。私も牛肉は好きな方ですが、あまり続くと、やっぱりうまい魚が恋しくなりますね。だから海鮮は大歓迎です」

「そりゃよかった」大迫は運ばれてきたビールをグラスに注いで言った。「実は今ちょっと、肉を食べる気にならなくてね」

グラスを軽く触れあわせて、彼が言った。

「なぜですか？　成人病検査で引っかかったとか？」

「いや、そういうわけじゃない。実は昨日、友人から気持ちの悪い話を聞いてね。それで肉という気分じゃないだけだ」

「気持ちの悪い話？」

「稲城(いなぎ)の事件だよ」

「いなぎ？　東京都稲城市のことですか？」

彼が聞き返す。大迫の話を全く理解していない様子だ。それで大迫は気がついた。

「そうか。君は三カ月間アメリカにいたんだっけ。それなら知らなくても無理はない。実はふた月くらい前に、ずいぶんマスコミが騒いだ事件があったんだ。それに関する裏話を聞いてね」

「それで肉を食べる気がしなくなったと」彼が笑った。少しからかうような気配がある。「意外と繊細なんですね」

「繊細だよ、私は」大迫も笑って答える。「君みたいに、神経が炭素繊維でできているわけじゃないからね」

「ひどい言われようだ」

「じゃ、試してみるかい？　君がこの話を聞いてどういう反応を示すか」

「いいですよ」

彼がくすりと笑う。この手の挑発が大好きな男だ。大迫は彼に事件の話をすることにした。ちょうど鍋も沸いた頃合いだ。


「二カ月前のことだ。東京都稲城市の交番に、近隣の住民が駆け込んできた。『例の家』で騒ぎが起きていると」

大迫はそう切り出した。

大迫たちがいる個室は店の奥にあるから、話す声は他の客には聞こえない。それにこの店は警視庁御用達だ。従業員も口は禍（わざわい）の元だとよく知っているから、ここで話された内容が外に漏れることはない。そもそもこれから話すことは、一部公表されていないが、もう終わった事件だ。彼になら話しても問題なかろう。大迫はそう判断した。

「例の家?」

彼が牡蠣をすくいながら聞いた。

「そう。その家は近所では有名でね。交番の駐在を含めて『例の家』で通用していたらしい。というのも、そこには新興宗教の教祖が住んでいたんだ」

「新興宗教」彼は納得顔をした。「それで近隣住民とトラブルを起こしていたんですか」

「いや、それは違う。トラブルは起きていなかった。建物自体は普通の民家だし、外装にも内装にも非常識な装飾は施されていなかった。怪しい儀式で大きな音を立てたわけでも、護摩を焚いて煙をもくもくと出していたわけでもない。信者は出入りしていたが、彼らがへんてこな服装をしていたわけでもない。トラブルはなにもなかった。ただ、新興宗教というだけで、人は胡散臭く思うものでね。だから気味悪がって誰も近づかなかった」

「なるほど」彼は静かにうなずいた。「現代日本では、なにかを本気で信じているというだけで、胡散臭く思われますからね」

実感のこもった言葉だった。それで大迫は思い出す。彼が巻き込まれたハイジャック事件も、「本気で信じている」人間によって引き起こされたものだった。

「今までは起きていなかった騒ぎが起きた」彼は口調を変えて言った。「どんな騒ぎだったんですか?」

「簡単に言えば刃傷沙汰だな」大迫は春菊を取った。年齢のせいか、野菜をたくさん食べたくなる。「信者同士が乱闘したんだよ。刃物も出てきて、その場にいた三人全員が大怪我をした。そのうち二人が現場で、残る一人は収容先の病院で死亡した。最後の一人は病院での事情聴取に、三人がお互いに殺し合ったことを認める証言をしている」

「信者だけですか」彼がビールを一口飲んだ。「そこは教祖の家だったんでしょう？　教祖はどうしたんですか？」

いい質問だ。

「教祖は殺し合いに参加しなかった。参加できなかったんだ」

「というと？」

「教祖はすでに死んでいたんだよ。発見されたときには、信者たちの手で左手を切断されたうえ、胴体を切り開かれていた」

彼の表情が消えた。大迫の話に、さすがに衝撃を受けたようだ。しかしすぐ元の顔に戻って、話の続きを促した。

「通報を受けた駐在は、状況を確認するためにその家に向かった。彼が第一発見者だ。いくら警察官といっても、重大事件など体験したことのない交番勤務だ。他殺死体どころか、大量出血さえ見たことがない。そんな奴が血まみれになった三人と、そんな状態の死体をいきなり見せられた。気の毒なことにその場で嘔吐して、現場を荒らしてしまったらしい。その上背中をさすってくれたのが、教祖の家に立ち寄った信者ときたものだから、刑事たちにこっぴどく叱られたそうだ」

彼はゆっくりと首を振る。「私は非難する気にはなれませんね」

「同感だね。とにかくそんな事件だったから、世間は大騒ぎになった。マスコミは、教祖の死に伴う信者同士での後継者争いが殺人事件に発展したと、大きく書きたてた。ただ教祖を含め当事者が全員死亡しているから、それ以上発展しなかった。教団は解散したし、狂乱は長続きすることなく、やがて収まった」

「でも、それは表層に過ぎないとおっしゃるのですね」

彼が豆腐を飲みこんで言う。先ほどの死体に関する描写は、彼の食欲に影響を与えなかったようだ。しかし大迫の食欲を奪ったのは、この箇所が原因ではない。大迫は話を続けた。

「そう。では、なぜそんな事件が起きたのか。実は信者たちの殺し合いも、教祖の死が原因となっている。その辺を詳しく語るには、まずその新興宗教について語らなければならない。いいかな?」

「あまり聞きたくありませんが、聞きましょう」

大迫は苦笑した。それが普通の人間の反応だろう。

「教義自体はごくありふれたもので、独自性はない。教祖は難病を治すことができる超人で、神の子だと自称している。信者は教祖様と一緒に天国へ行きましょうって感じだ」

「本当にありふれてますね」

「そうだな。教祖は天空寺神光（てんくうじしんこう）と名乗っていたが、本名は小林健一（こばやしけんいち）という。四十八歳の中年男だ」

「芸名を使っていたんですか？」

芸名という言葉に、大迫はまた苦笑を漏らす。

「芸名と言っていいのかわからないが、本人はそう名乗っていた。神の啓示を受けたとき、その名前を授かったんだそうだ」

彼が失笑した。「一気に安っぽくなりますね。本物ならば、ごく自然に本名を名乗るでしょう」

「そうだな。公安調査庁の調査でも、天空寺神光は紛い物だと結論づけている。それでも医者にかかっても治らなかった病人が、彼の手によって回復したという事例はあったようで、百人を超える信者がいたらしい」

「へえ」彼は気のない声をあげた。「どうやったんですか？」

「左手をかざして、念波治療をしたそうだ」

「左手」彼が自分の左手を見る。

「左手の方が心臓に近いから、神聖なんだそうだ。天空寺は信者に対して、『神が自分の目の前に降りてきたとき、自分の心臓をつかんだ。それで自分は心臓から左手を通じて念波を出せるようになり、それで他人の病気を治せるようになった』と説明していたらしい。まあ、教祖の天空寺は左利きだったそうだから、それも関係しているのだろう。とにかく、彼が自分の左手に絶対的な自信を持っていたのは、すべての信者が証言している」

「でも公安調査庁は、そんなたわごとは信じていない」

「もちろんだよ。患者が回復した理由は、こう推察されている。ひとつは偽薬効果だ。なんの効き目もない小麦粉の固まりを薬と偽って飲ませれば、患者に暗示が働いてそれなりの効果をもたらすっていう、あれだな」

「プラセボとかプラシーボとかいうやつですね」

大迫はうなずく。「そのとおり。もうひとつの理由は、生活習慣の改善だ。天空寺は患者に『すべての病は贅沢に起因している。質素なものを食べて、よく働いて慎ましく生活していれば、悪い気は逃げていくだろう』と言っていたそうなんだ。天空寺自身もそんな生活をしていたから、天空寺にすがりたい患者はそれに従う。自然と低カロリー高タンパク、食物繊維十分な食生活になり、早寝早起きして適度な運動をするようになる。生活全体が健康的になるわけだ。ちょっとした病気ならば、それで人間の身体は回復してしまうものなんだ。加えて、霊薬と称して栄養ドリンクでも飲ませれば完璧だ」

「そういうもんですか」

「そういうものだよ。実はありふれた手法でね。多くの新興宗教団体が採用している。新興宗教にすがろうとする患者は、実のところたいした病気でないことが多い。ちょっと具合が悪いのを勝手に癌だと思いこみ、医者がそれを否定しても、嘘をついていると決めつけてしまう。治せないからそう言うのだと。そんな人間が天空寺の下を訪れる。そして今説明したようなシステムによって健康を取り戻す。するともうその人間は信者だ。医者でも治せなかった自分の癌を、教祖が治してくれたと言いふらす。それを信じた自称癌患者がまた訪れる。そうやって信者が増えていくわけだ」

彼が感心したように息をついた。

「なるほど。確かに本当の癌患者だったら、病院が即入院させて、外に出さないでしょうね」

「そういうこと。でもまあ、ここまでだったら、今言ったように他の新興宗教と変わりはない。困った存在ではあるけれど、警察が乗り出すほどのことはない。天空寺が風変わりだったのは、その遺言なんだよ」

「遺言？」彼が右の眉を上げた。「教祖は、信者によって殺されたんじゃなかったんですか？教祖はそれを見越して遺言を残していたんですか？」

大迫は意外な言葉に一瞬戸惑う。けれど自分の話し方が誤解を生んでいたことに気づいて、補足説明した。

「――ああ、ちょっと言葉が足りなかったな。天空寺は殺されたんじゃない。死因はモルヒネの大量服用によるショック死だ。司法解剖の結果、天空寺は末期癌に冒されていたことが判明した」

彼は事情を察したようだった。納得したような顔で鱈を自らの器に移動させる。

「癌ですか。念波によって癌を治せると喧伝する教祖が癌にかかったということは、当然彼は病院になんか行かなかったんでしょうね」

「そのとおり。癌だと自覚していたかは不明だが、相当な苦痛はあっただろう。けれど天空寺はやせ我慢をした。神の子であるはずの自分が病気にかかったなんてことが知られれば、信者はみんな去ってしまうからね。教団の幹部に病院関係者がいたから、そいつが教祖のために、病院からモルヒネをこっそり持ち出した。天空寺は苦痛を和らげるためにモルヒネを使用して、信者の前では健康体であるかのようにふるまっていたらしい。その量が次第に増えてきて、ついに限界量を超えた。そういうことだろうと推察されている」

彼は言葉を探すように少し黙った。ややあって「それは自業自得なのかもしれませんが」と言った。「もの悲しい最期だという気もしますね」

大迫は困った顔をする。

「そうかもしれないが、勝手にモルヒネを使用するのはもちろん違法だし、それによってこんな大事件を起こされて、警察としてはえらい迷惑だ」

彼が同意するようにうなずく。「その迷惑というのが、遺言に起因していると」

「遺言というのが正しい表現かどうかはわからないけれど、自分がもう永くはないことに気づいていたのだろう。天空寺は死の直前に教団の幹部四人を集めて、自分亡き後のことについて語ったらしい」

彼が首を傾げた。「四人？　さっき、お互いを殺し合ったのは三人だって言いませんでしたか？」

さすがによく聞いている。

「幹部は四人いたんだよ。他の信者から四天王と呼ばれていた、教団設立当初からいた連中だ。前田（まえだ）、阪倉（さかくら）、佐野（さの）、鳴島（なるしま）という名前だったな。この中で鳴島という信者だけは、殺し合いに参加しなかった。その理由もまた、教祖の遺言に関係している」

「では、その遺言を聞きましょう」

「ああ。天空寺はこう言ったんだ。『自分が死んだら、君たちはこの肉体を食べなければならない。それにより君たちの身体に自分が宿る。特に、神の祝福を受けた我が心臓を食べた人間こそが、同じ力を持った後継者になるだろう』と。モルヒネの乱用によって幻覚でも見たのだろうが、天空寺がそう言ったのは事実らしい」

彼の眉間にしわが寄った。大迫の言いたいことがわかったというように。

「それはつまり」口調も苦々しいものに変わっている。「信者同士の殺し合いというのは、教団幹部による教祖の心臓の奪い合いだった。そういうことなのですね」

そう言って、口を清めるようにビールを飲んだ。

「さっき、胴体が切り開かれていたって言っただろう？　それは教団の幹部が心臓を摘出したためだよ。食べるためにね」

さすがに気持ちが悪くなったのだろう。彼は箸を置いて、しばらくビールばかり飲んでいた。しかしすぐに平常心を取り戻したらしく、鍋の攻略を再開した。やっぱり神経が炭素繊維でできている。

「教祖の身体から取り出された心臓は、どのような状態だったんですか？」

「天空寺の心臓は神棚に置かれていた。そして刃物で三つにされていた」

「三つ？」

大迫も箸を持ち直した。

「あたりまえの話だけれど、幹部の間では誰が教祖の心臓を食べて後継者になるのか、争いになった。それでも結局、心臓を三つに分割して、分けて食べようということで落ち着いたらしい。そのうちの誰が教祖の力を受け継いで後継者になるのかは、神様が決めることだとね」

「ところが、それほど紳士的に事は運ばなかった」

「当然だね。信者は誰もが教祖の超常能力を信じて入信した人間だ。その中でも幹部は常に教祖の間近にいて、特権階級意識を持っていただろう。その能力を手に入れることができるチャンスが目の前にぶら下がっているのに、確率三分の一に賭ける奴がいると思うかい？　ライバルを蹴落として自分が後継者になろうとするのが自然ななりゆきだ。最初に誰が手を出したのかは不明だが、現場には天空寺を解体するときに使った刃物がいくつも転がっていた。三人が三人とも残りの二人を殺して、自分だけが心臓を食べようとして、その結果、三人とも死んでしまった。天空寺の心臓は誰の口にも入らずに、警察によって回収された。すでに本来の持ち主とともに火葬されている」

彼はホタテを、火傷（やけど）しないように慎重に噛んだ。

「結局、誰も教祖の心臓を食べることができなかった。後継者は誕生せず、教団は解散ですか。まあ、無難なところでしょうね。すると警察は、新興宗教団体の内部で人肉食が行われようとした事実は刺激が強すぎると考えて、その部分だけを伏せて発表したのですか」

「そのとおり。私はこの事件を担当していなかったけれど、公安調査庁の友人から詳しい真相を聞いてね。だから肉を食べる気にならなかったんだよ」

「なるほど」彼はそう言って、箸を置いた。少し目つきが鋭くなっている。

「気になることがあります。あなたの説明には、各箇所にひとつずつ欠損があります。それを確認したいのですが」

「欠損？」大迫は聞き返した。言葉の意味がよくわからない。彼は頭をかいた。

「欠損という言い方は、正確ではないかもしれません。事件の重要な箇所で、背景と事件の事実の間には、ずれがあるのです」

大迫は詳しい説明を求めた。彼はうなずく。

「ちょっと考えただけで三つ。ひとつは幹部は四人なのに、殺し合ったのは三人だということです。一人欠損があります。なぜ一人だけ参加しなかったのか。ふたつめは教祖の死体。説明では胴体が切り裂かれて、心臓が取り出されていたことの他に、左手が切断されていたとのことでした。けれど教祖の言う後継者の条件に、左手は入っていなかった。これもまた欠損です。なぜ左手は切断されていたのか。三つめは現場です。現場には殺し合いをした幹部三人の他に、嘔吐した駐在さんの背中をさすった信者がいたはずです。けれどあなたの話には、その信者はそれ以上出てこない。その信者が欠損しています。事件において重要人物であるはずなのに、なぜ言及されないのか。――大迫さん。あてずっぽうなのですが、これらの欠損には、すべて殺し合いに参加しなかったという、鳴島という信者が関係しているのではないですか?」

「さすがだね、君は」大迫はそう言うと、店員を呼んで熱燗を注文した。それが運ばれてくるまで、二人とも黙って鍋をつついた。

「口だけで事件の全貌を再現するのは、なかなか難しいね」大迫は彼に熱燗を注いでやりながら言った。「自分ではきちんと説明したつもりでも、言い忘れたことがたくさんある。結論から言えば、君の推察は正しい。鳴島という幹部が、君の指摘した疑問すべてに関係している。駐在の背中をさすったのも鳴島だし、左手が切断されていたのも鳴島が原因だ。私は直接会ったことはないが、鳴島から事情聴取した刑事は、『とても新興宗教に入れあげているような人間には見えなかった』と証言している」

彼はコメントせず、先を促した。

「君の第一の疑問、なぜ鳴島は殺し合い、つまり心臓の奪い合いに参加しなかったのか。理由は簡単、彼は心臓を欲しなかったからだ」

「それはつまり、鳴島さんは後継者になる気はなかったと」

「そう。事情聴取で鳴島はこう証言している。『自分は信者に過ぎない。教祖のように神に選ばれたわけではないのだから、後継者になろうなどという、おこがましい考えは持てなかった』とね」

「謙虚ですね」

「そう言ったのは事実だろう。事実心臓は三分割されているのであって、四分割ではない。だが、ここで天空寺の遺言を思い出してほしい。天空寺は心臓にだけ言及したわけではない。『自分が死んだら、君たちはこの肉体を食べなければならない』と言ったんだ。つまり後継者にならない他の信者も、天空寺の身体を食べることになる。では、心臓を欲しなかった鳴島はどの部分を選んだのか」

彼は小さく息をついた。第二の疑問の答えに思い至ったようだ。

「左手、ですか……」

「そのとおりだよ。天空寺の死が確認されたとき、彼は他の三人の幹部に対して宣言したんだ。自分は実際に奇蹟を起こした左手を食べたい。だから心臓は君たち三人で協議して、もっともふさわしい人が食べて後継者になればいいとね。鳴島によると、奇蹟の本質は心臓なのに、蛇口に過ぎない左手を欲しがるとは愚かな奴、と他の幹部から馬鹿にされたそうだが」

「本当に左手を食べるつもりだったんですかね」

「警察が介入してこなければ食べるつもりだったと、本人は証言している。天空寺の言葉は絶対だからだとね。ともかく鳴島は自分の希望を述べた。他の三人が心臓を分け合って食べて、誰が後継者に選ばれるかは神の意志に任せようと取り決めた段階で、家を離れた。後継者が決まるころに戻ってくると言ってね。証言では、『教祖の心臓を巡って激しい対立が起こるのは予想できていた。仲間のそんな醜いところを見たくはないから席を外していた』ということなんだが」

「その間、鳴島さんはどこでなにをしていたんでしょう」

「都心に出て時間を潰していたそうだ。新宿の喫茶店でカツカレーの大盛りを注文したのを、店主が憶えていた」

　彼が軽く首をかしげた。

「よく憶えていましたね。鳴島という人物は、そんな個性的な外見なんですか？　先ほどのお話では、信者はごく普通の服装をしていたそうですが」

　大迫は首を振る。「鳴島はその店の常連だった。店主が憶えていた理由はそれだけだ。他の三人が殺し合いをしていた時点で、鳴島が都心にいたのは間違いない。彼が殺傷に関係していないのは、立証されている」

　彼はふむ、と言っただけで、箸で春雨をすくうことに集中しているように見えた。大迫はその様子を眺めていたが、彼は無事器に透明な糸を移し終わったところで口を開いた。

「そして、そろそろ決着はついているだろうと思って教祖の家に戻った鳴島さんが見たのは、仲間の無惨な姿と、現場で嘔吐している駐在さんの姿だったと」彼は春雨をつるりと飲みこんだ。

「鳴島さんはおそらく、教祖の心臓を巡って殺し合いが起こるのを予想していたんでしょうね。だから仲間が血まみれになっているのを見てもパニックを起こさず、駐在さんの介抱をする余裕があった」

「ただ、漁夫の利を得ようという気はなかったようだ」

「そうですね。三人が倒れているのを確認してから、悠然と心臓を食べたわけではありませんから。彼が後継者たらんとして、確実に心臓を食べるために一計を案じたわけではなさそうです。彼が心臓ではなく、左手を希望したのは間違いないでしょう」

彼は徳利を大迫に向けて差し出した。大迫は自分の猪口をとって、彼の酒を受ける。

「鳴島さんは左手を所望し、教祖の遺体は左手が切断されていた。鳴島さんはその左手を自らの手で切断して持ち去ったのでしょうか。——いや、それ以前に、切断された左手は、発見されたんですか？」

「左手は天空寺の死体の傍らで、スーパーの買い物袋に入った状態で発見された。鳴島の証言によると、鳴島が現場を離れたときにはまだ天空寺の死体は解体されていなかったらしい。だから他の三人が天空寺の心臓を取り出す際、鳴島のために左手を切断して買い物袋に入れたのだろうと推察されている」

「えらく親切ですね」

「三人の幹部にとって、左手などどうでもよかったんだ。馬鹿な仲間には左手をくれてやって、自分は大事な心臓をゲットしよう——誰もがそんな考えを持っていたんじゃないかな。だからまず左手を切断してスーパーの買い物袋に入れた。持って帰りやすいように袋に入れたのは、鳴島に対する嫌味のつもりだろうな。さっさと持って帰れとね。それを脇にどけておき、その後丁寧に胴体を切り裂いて心臓を取り出した。それからは惨劇だ。左手が切断された状況は、このようなものと考えられている。切断に使用されたのは現場にあった鉈で、これには前田の指紋が付いていた。その鉈は、阪倉の肩口に打ち込まれた状態で発見されている。だから左手を切断したのも、阪倉に襲いかかったのも幹部の前田だと推定されている。だから、鳴島は左手を切断していない」

「なるほど」彼はまた言った。「鳴島さんは仲間を殺してもいないし、左手を切断してもいない。さらには左手を食べてもいない。殺人も、死体損壊もしていないということですか」

「そう。この殺人事件において、鳴島は関係者ではあっても当事者ではない。法に触れることをしていないと判断されたから、彼は拘束されていない」

「そうですか。——それで彼は、今どこにいるんでしょうか」

「さあね。教祖と幹部の死で、教団は事実上消滅した。鳴島が教団を引き継いで宗教活動をしているわけではないから、追跡していない」

彼はすぐに答えずに、熱燗をゆっくりと飲み干した。そして猪口をテーブルに置くと、小さく言った。

「たぶん、鳴島さんは幸せに暮らしていると思います」


「お話を聞いていて気になったのは」

彼はあらかた片づいた鍋にうどんを入れながら、そう言った。

大迫は徳利を手に持ったまま、じっと彼の話に耳を傾けている。どうして彼は、「鳴島は幸せに暮らしている」などと言ったのだろう。彼は猪口を卓に置いたままで、両手を組んだ。

「その宗教団体の中途半端さです。正確には、教祖である天空寺さんの不徹底さ」

「不徹底?」

「そうです。天空寺さんからは、新興宗教の教祖として、組織を大きくしていこうという意欲が感じられません。神から啓示を受けたとか、左手から念波を出して癌を治すとか、天空寺神光なんて俗っぽい名前を名乗っていたわりには、宗教としての演出がなされていない」

「どうしてそう思うんだい?」

「その宗教団体が、地域とトラブルを起こしていないからです」

どういうことだろう。彼が再び猪口を取り上げた。すかさず熱燗を注いでやる。

「拠点となる自宅に変な装飾を施すわけでもないし、宗教活動も周囲に迷惑をかけるようなものではなかった。信者が妙な格好をしているわけでもないし、非常識な行動を取るわけでもない。地域住民にとってはありがたい話ですが、そういった演出は信者をがっちりと捕まえておくには有効だと思います。けれど教祖はそれをやっていない。それだけではありません。近所とトラブルを起こしていないというのは、それ以上の意味があります」

「それ以上？」

彼はひと言ずつ、はっきりと言った。

「彼らは、布教活動をしていない」

「………」

「自分に縁のない宗教団体の様々な活動。それらは確かに迷惑なことですが、まだ迷惑で済んでしまう話です。一般の人が宗教団体について本当に嫌悪を感じるのは、勧誘されたときです。つまり布教活動。彼らが地域住民とトラブルを起こしていないという事実は、彼らが近所の人たちを勧誘していなかったということを示しています。信者を増やすことに関しては、口コミでの自然増しか見込んでいなかったということです。積極的に信者を増やして、教団を大きくしようとはしていない。そんなことでは、天空寺さんは教祖として落第です。公安調査庁は天空寺さんを紛い物と判断したそうですが、私が思うに、彼は紛い物ではあっても、詐欺師ではなかった——

そうではないでしょうか」

彼は猪口を傾けた。

「天空寺さんが神の啓示を受けたというのは、少なくとも彼自身にとっては真実だったのでしょう。そして身体の不調を訴える人に左手を当て、念波なるものを出してみた。すると大迫さんが説明してくれたようなからくりで、その人は健康を取り戻す。『できるじゃん』と思ったことでしょう。口コミで少しずつ噂が広まり、彼のところに患者がやってくる。その人数が増えてくると、昔からの信者がボランティアで天空寺さんを手伝い、組織的に患者を捌こうとする。宗教団体の誕生です。普通ならばそこで欲を出すでしょう。何万人もの信者を抱える巨大宗教団体にして、自分がその頂点に君臨する。そんなふうに考えてもおかしくありません。けれど彼は、商売人でも詐欺師でもなかった。自分が神から得た能力で患者を治す——それしか考えていなかったようです。自宅に華美な装飾もなされていなかったし、元々が質素な暮らしをしなさいと信者を諭していた人です。贅沢には興味がなかった。信者が百人程度では、金目当ての胡乱な輩が近づいてくることもなかった。天空寺さんが健在でいる限り、もっとも安全な宗教団体だといえるでしょう」

「確かに」ややあって大迫は答えた。「天空寺は定職についていないから、信者の寄付で食っていたようだ。しかし信者から全財産を巻き上げて贅沢をしていたという痕跡はない。だから信者の家族が心配してやめさせようということもなかった。警察が介入するようなトラブルを起こしていないから、公安調査庁でもノーマークだった。その意味では、君の言うとおり安全な団体だったといえるかもしれないな」

彼はひとつうなずいた。

「でも天空寺さんが癌に冒され、モルヒネを乱用するようになって、状況が変わった。天空寺さんは焦って急に過激になったりはしませんでしたが、妄想を抱くようになった。自分の肉体を信者に食べさせることで、自分が信者の身体に宿るという妄想。それが『心臓を食べたものこそが後継者になる』というストーリーに発展しました。彼が幹部を集めてそれを発表した段階で、今度の事件の発生は決定したといえるでしょう。天空寺さんの心臓を独占して、自分が後継者になる――幹部の頭にはそれしかなかったはずですから。ですが教祖の言葉を聞いて、全く違うことを考えた人間がいました。鳴島さんです」

彼は鍋からうどんを一本取って口に入れた。そして大迫に「うどん、もう煮えましたよ」と報告して、話を再開した。

「鳴島さんは『自分は神に選ばれたわけではないただの信者なのだから、後継者になんてなれない』と言ったそうですね。謙虚で立派な意見です。ですが私は俗物です。そんな立派な奴がいるもんか、と思いました。鳴島さんの真意は、別のところにあるのではないかと勘ぐってしまいます」

「別のところ?」

「そうです。鳴島さんは教団の幹部でした。つまり最古参の信者だということです。だから彼も最初は、純粋に天空寺さんの奇蹟を信じていたのでしょう。けれどその教祖が病に冒され、苦痛を和らげるためにモルヒネを常用するようになったあたりから、鳴島さんの信仰心は急速に醒めていったのではないでしょうか」

「どうしてそう思うんだい?」

「鳴島さんがカツカレーの大盛りを注文したからです」

「え?」大迫は思わず聞き返していた。話が見えない。

「いいですか? 天空寺さんは信者の病気を治すために、粗食と質素な生活を求めました。教祖の言葉ですから、信者はそれを信じ、実践したことでしょう。当然鳴島さんもです。それなのに彼は、カツカレーの大盛りを食べた。私はカツカレーをこよなく愛する人間ですが、その私が見てもカツカレーの大盛りは、粗食からはほど遠い食べ物です。鳴島さんはその喫茶店の常連ということでしたから、おそらくカツカレーの大盛りは何度も注文されていたのでしょう。それを注文した鳴島さんは、もう教祖の言いつけを守る気はなかったのです。つまり彼は教団に籍を置いていても、すでに信者ではなかった。後継者になろうとするわけがありません」

「……」

大迫はすぐに返事ができなかった。彼の指摘は、捜査当局が全く注目していなかったことだからだ。当然といえば当然だ。警察は今までの経験から、堕落した宗教関係者は酒色にふける、という思い込みがある。カツカレーひと皿などに関心を寄せるはずがない。しかし彼は違った。彼の指摘は、いったい何を意味しているのだろうか。

「では、なぜ鳴島は天空寺の左手を欲しがったんだ？」

彼はうどんを一口すすった。

「少なくとも、言葉どおりに奇蹟を起こす左手を欲しがったわけではありませんね」そう言った。

「ここで先ほど申し上げた、天空寺さんの不徹底さが関係してきます」

大迫も機械的にうどんをすくって器に入れた。

「どうなふうに？」

「病気を治すため質素な生活を奨励し、自らも贅沢をしていなかったという天空寺さんの生活。尊敬すべき立派な態度ですが、ある程度金をかけて贅沢にしていた方が、教祖としてはかえってありがたみが増すものですよ。でも彼は不徹底でしたから、それをやっていない。天空寺さんは信者の寄付で食っていたということでしたが、自宅が持ち家ならば、質素な生活をしていれば生活費は月十万円もかからないでしょう。信者が百人だとして、一人千円。彼らもまた質素な生活をしている人たちです。生活するのに、たいして金はかからない。誰よりも尊敬する教祖に対する寄付が、月に千円なんてことがあるでしょうか？　信者の収入にもよりますが、毎月数万円を教祖に差し出していたと考えてはいけないでしょうか。せめて教祖にはおいしいものを食べてもらおうとして。一見教義と矛盾するようですが、宗教に関係なく、それが人間の思いやりだと思います。それが何年も続いていれば、天空寺さんの手元には、莫大な金額が集まっていたはずです」

「……………」

「天空寺さんはその金で豪遊などしていなかった。ではその金はどこへ行ったのか。事件後警察は教祖宅を捜索したでしょう。話に出てこなかった以上、隠し金庫に現金がうなっていたということはないでしょう。とすると、信者から寄付された金は、扱いに困った天空寺さんが慈善団体へ寄付したか、あるいはとりあえず銀行に預けておいた。私は後者を考えました」

大迫は唾を飲みこんだ。彼は器と箸を置いて、静かに言った。

「最近の銀行口座には、ＡＴＭに生体認証が必要なものがあるそうです」

「………！」

大迫の身体に震えが走った。まさか、彼が言いたいのは――。

「天空寺さんは、自らの左手に絶対的な自信を持っていたそうですね。念波を発して癌を治す左手。そんな彼なら、銀行口座を管理するのに、その左手を使ったとしてもおかしくありません」

「鳴島は、天空寺の左手を使って預金を下ろした……」

大迫はハイジャック事件予防をはじめとした、セキュリティの専門家だ。さっき彼が言ったとおり、アメリカの空港ではセキュリティチェックに生体認証を使う計画がある。しかし日本の金融機関が一歩先に実用化した。掌をかざして預金を下ろせる銀行が、確かにある。

「大迫さんのお話では、鳴島さんが家を出たとき、天空寺さんの死体はまだ解体されていなかったと言ったそうですね。それがたぶん、彼が発した、ただひとつの嘘です。おそらくまず左手を要求し、前田さんに切断させた。そしてスーパーの買い物袋に入れて銀行へ向かったのです。鳴島さんは、天空寺さんのＩＣキャッシュカードのありかを知っていたのでしょう。暗証番号を知らなくても、カードと本人の左手があれば口座を操作できます。生体認証には、掌紋や静脈パターンを認識するものが多いそうですが、ゴムなどで偽造できないように、あれこれ対策を講じています。皮膚から出る分泌物を検知したり、電位差を検知したり。ですが生体を利用したら、それらは突破できます。生体どころか、ゼラチンを使って偽造に成功した例もあります。鳴島さんが利用したのは、なんといっても本人の左手です。死んで間もないフレッシュな左手ならば、機械を騙せる確率は非常に高いでしょう。おそらく架空名義の口座を手に入れておいて、貯まった寄付金をその口座に振り込んだ。いくらあったのかはわかりませんが、天空寺さんが使い道に困った莫大な寄付金は、鳴島さんの懐に入った。それから教祖の家に戻り、仲間たちが殺し合いをしているのを確認するだけでよかった」

「で、でも、その場には警官がいた……」

大迫は言ったが、彼は冷たかった。

「嘔吐してね」彼はうどんをすすった。「鳴島さんはこっそり教祖宅に近づいて、警官が大挙して訪れているような事態になっていないことを確認したでしょう。家に入ると、警官が嘔吐している。彼は警官の背中をさすってやった。背中をさするというのはどういうことでしょうか。相手の背中を押さえつけて、頭を下に向けさせるということです。そうして警官の視野を奪っておいて、持っていたスーパーの買い物袋を投げた。教祖の左手が入った買い物袋は、見事に教祖自身の傍らに落ちた」

「……」

彼は鍋から最後のうどんをすくい取った。

「鳴島さんは、天空寺さんの妄想を聞いて、これは使えると思った。教祖の左手を確保すれば教団の資産を独占できる。すでに信者でなくなった彼には、天空寺さんに申し訳ないという気持ちも生まれなかった。教祖自身が心臓に言及してくれたおかげで、他の幹部は心臓しか目に入らなくなった。自分は早々と後継者レースからの撤退を表明することによって、左手を確保する。後は同僚が自滅するのを待っていればよかった。教祖と幹部が全滅したら、教団は消滅する。消滅した新興宗教など、誰も注目しない。鳴島さんは信者だった過去を隠して、普通の市民として生きていけばいい。金額によりますが、物価の安い国に行けば、一生遊んで暮らせるかもしれません。彼は自らの手を汚すことなく、それだけのものを手に入れた。だから私は、鳴島さんは幸せに暮らしていると言ったのですよ」

鍋とともに、彼の話は終わった。大迫は空になった鍋をぼんやりと眺めていたが、すぐに箸をテーブルに置いた。

「確かに鳴島は高飛びしている可能性があるな。入国管理局に問い合わせて、奴がどこに行ったかを確認しよう」

大迫は瞬時にして警察官モードに切り替わっていた。すぐにも本庁に戻って行動を起こしたい気分だった。

けれど、彼は素っ気ない口調で言った。

「鳴島さんが幸せに暮らして、何かまずいことがあるんですか?」

「え?」

彼の言葉で、大迫のやる気に急ブレーキがかけられた。思わず彼の顔を見る。彼は酔った素振りも見せずに、残った酒を飲んでいた。

「天空寺さんが悩める病人を治したのは事実です。患者たちは元々たいした病気ではなかったとしても、そんな連中が医者から『粗食と節制を』なんて言われて、言うとおりにすると思いますか？　けれど彼らは天空寺さんの言うことなら聞いた。それも立派な治療です。健康を取り戻した彼らが信者として天空寺さんを慕って、なにが悪いのでしょうか。だから彼らが天空寺さんに金を渡しても、責められるいわれはどこにもありません。大迫さんがおっしゃったように、信者たちは全財産を差し出したわけではない。自分の収入の中から、出せる範囲で寄付しただけです。彼らは生活を壊すことなく、健康を損ねることなく、教祖に寄付することによって充足感を得たのです。天空寺さんは神の子ではなかったかもしれませんが、その意味では信者を幸せにしています」

「…………」

「だから信者たちは、天空寺さんに——本来彼にとって不要な——金を押しつけただけで満足して、そこで話は終わっているのです。その金がどうなろうが、信者たちの知ったことではない。それを鳴島さんが上手に手に入れたところで、困る人は誰もいませんよ。現状では、生きている人間の誰も損をしていないのです。それなのに、なぜ鳴島さんの行方を捜すのですか？」

「…………」

彼の指摘に、大迫は返事ができなかった。鳴島は、間違いなく法を犯している。警察官である大迫は、鳴島を拘束しなければならない。それでも大迫は、彼の意見に反論できないでいた。

彼は最後の酒を飲み干すと、なにかに気づいたような顔をした。「あ……、そうか」

「どうしたのかね？」

大迫の質問に、彼は頭をかいた。「鳴島さんが天空寺さんの貯金を持っていったということは、国としては、相続税を取り損なったということですね」

彼は猪口をテーブルに置いた。

「それは一大事だ」

罠の名前

薄暗い部屋の中には二人の人間がいた。

立っている男が一人と、縛られて転がっている男が一人。他に人影はない。

過激派組織『ＰＷ』のアジトに踏み込んだ有岡警部補は、立っている男がＰＷの戦闘隊長、芳賀であることを確認した。とすると転がっている男は、弁護士の野口だ。拉致された野口を救出すると同時に、芳賀を逮捕する。それが有岡たちＳＡＴ――警視庁特殊急襲部隊に課せられた任務だった。

芳賀は警察の急襲に顔を引きつらせながらも、持っていたナイフを投げつけてきた。さすがＰＷの攻撃部隊を指揮しているだけあって、芳賀のナイフは正確に有岡の顔面めがけて飛んでくる。しかしこんなものを避けられないＳＡＴ隊員はいない。有岡は身を沈めてナイフを避けながら、拳銃を芳賀に向けた。

「動くなっ！」

有岡は叫んだが、芳賀は聞かなかった。ベランダのある西側の窓に身体を向ける。しかしそこにも警官がいることを確認すると、一歩後ずさった。それだけで壁に背中が付いた。すぐ横に明かり取り用の窓がある。窓は大人一人がくぐり抜けられる程度の大きさしかない。芳賀は身体を反転させると素早く窓を開けて、身を乗り出した。いくら特殊部隊でも、日本警察は丸腰の相手を撃つことに慣れていない。有岡は窓に走り寄って、芳賀を捕らえようとした。しかし芳賀の方がわずかに早かった。芳賀はためらうことなく、窓からジャンプした。

有岡は窓にとりつき、外を見た。芳賀の身体は宙にあった。懸命に手を伸ばしている。隣のマンションのベランダに飛び移ろうとしているのだ。その試みは成功したかに見えた。芳賀の指がベランダの柵にかかった。

逃げられた？　有岡の顔が強張る。しかし芳賀の手は柵をつかむことができなかった。跳躍がほんの少し足りなかったのだ。芳賀の手は何もない空間をつかみ、そのまままっすぐに落ちていった。もう有岡にはどうすることもできない。数秒もかからず、芳賀の身体は地面にたたきつけられた。

あれではもう助かるまい——有岡は冷静にそう判断した。これで任務のひとつ、芳賀の逮捕に失敗したことになる。けれどもうひとつの任務、弁護士の野口の救出がまだ残っている。マンションの外で待機している向島(むこうじま)警部からは怒鳴りつけられるだろうが、野口の救出に成功すれば、警視庁も一応の面目は保てるだろう。有岡はそう考え、振り向いて弁護士を見やった。野口は苦しげに身じろぎをしている。まだ生きているようだ。

「縄をほどいてやれ」

有岡は、同行した若い隊員に指示した。芳賀の逮捕に集中したためか、有岡たち玄関から入った三人、そしてベランダから入った三人の別働隊の誰も、野口に近づいていなかった。我に返ったらしい隊員が「はっ！」と返事をして、野口に駆け寄る。その足元で、何かが光った気がした。ぞくりとするものが有岡の背に走った。

「待てっ！」

有岡は叫んだが、遅かった。隊員の足は、床スレスレに張られた、細い糸を引っかけていた。

次の瞬間、有岡は信じられない光景を目にしていた。ぱんっ、と破裂音が部屋に響き、野口の首から血が噴水のように吹き出てきたのだ。慌てて野口に取りついた隊員が血を止めようとするが、頸動脈が裂けた状態ではどうすることもできない。その救出が任務だった野口も、数秒後に死亡した。

父を助けてください——。

警察にそう訴えた女性の涙が、有岡の脳裏に浮かんだ。

彼女の期待に応えられなかったのが、有岡には悔しかった。

＊　＊　＊

大迫警視が待ち合わせ場所に着いたとき、彼はすでに到着していた。

新宿の大型書店。そこで彼は雑誌を立ち読みしていた。背筋がすっきりと伸びているのは、いつもどおりだ。いつもと違うのは雑誌の種類で、彼が手にしているのは、レストランを紹介しているグルメ系の雑誌だった。

大迫が彼に声をかけると、彼は視線を雑誌から外して軽く会釈をした。

「珍しいね。君がグルメ雑誌を見るなんて」

スキューバダイビングが趣味の彼は、大迫を待っている間、ダイビング雑誌を眺めていることが多い。

「実は近々結婚記念日がありまして」彼は照れたように笑った。「子供を家内の両親に預けて、二人で食事できることになったんです。その場所の選定ですよ」

愛妻家の彼らしい話だ。「で、どんな店が候補なんだい？」

「そうですね。ここなんていいかな、と」

彼が開いていたページを指さした。「どれどれ」と首を伸ばして雑誌を見る。東京では珍しい、沖縄県石垣島産の石垣牛を食べさせる焼肉屋だ。『座間味くん』と渾名されるほど沖縄好きの、彼らしい選択だと思う。沖縄を感じさせる店ならば、奥さんも喜ぶだろう。

大迫は偶然にもその店を知っていた。「ああ、ここね」

「知っているんですか？」

「何度か利用したことがある。味もいいし、個室もあるから使いやすい店だよ。――そうだ、これから行ってみるかい？　下見ということで」

彼は即答しなかった。少し黙考した後で、「家内に黙っていてくれるなら」と言った。先にうまい肉を食べたことがばれると、奥さんに怒られるのだろう。もちろん告げ口する気はない。大迫は彼をその店に案内した。

「この間はすまなかったね」

ビールと適当な肉を注文しておいて、大迫はまず詫びた。この間というのは三週間前の、大迫が約束をキャンセルした件のことだった。大迫の方から誘っておきながら、約束の前日に起きた事件のおかげで行けなくなってしまったのだ。しかし彼はまるで気にしていない様子だった。

「いいんですよ。なんだか大変な事件が起きたんでしょう？　そんなこともあります」

「知ってたのか」大迫は軽く頭を振る。三面記事にまるで関心を示さない彼も、さすがにあの事件のことは耳にしていたようだ。

「過激派のメンバーが警察に追われて自殺したとか、そんな事件でしたっけ」

大迫はまた頭を振る。「マスコミは、そんなふうに報道しているのかい？」

「いいえ、正確なところは憶えていません。でも、大体そんな感じのニュースだった気がします。ずいぶんと警察の悪口を言っていた記憶はありますが」

その悪口には与しない口調で、彼は答えた。彼は別に警察シンパというわけではない。彼に言わせると、「警察の人と知り合いになってしまいましたから。知ってしまうと嫌えません」ということになるのだろう。

「その報道は、あまり正確ではないね」

「では、正確には？」

大迫が口を開こうとしたとき、店員が入ってきた。ビールとタン塩を置いていく。ビールジョッキには、本土のメーカー名が刻印されていた。

彼はジョッキをしげしげと眺めた。「オリオンビールじゃないんですね」

「それがこの店のいいところさ。オリオンは沖縄で飲んでこそうまい、というのが店主の考えでね。東京では東京に合ったビールの方が、石垣牛をおいしくするというんだ」

「卓見ですね」

軽くジョッキを触れあわせ、ビールを飲んだ。季節に拘わらず、夕食時に飲むビールはうまい。

「さ、食ってくれ」

「では、遠慮なく」彼は牛タンを網に並べはじめた。「それで、マスコミはどんな間違いを犯しているんですか？」

「ああ」大迫も箸袋から箸を抜いた。「犯人は警察に追われて自殺したんじゃなくて、犯罪の現場に警官が踏み込んだら、窓から逃げようとして転落死したんだ。自殺したわけじゃない。犯人は逃げ切るつもりだったのに、逃げ方を失敗して死んでしまったんだ」

「なるほど」彼は焼けた牛タンをレモン汁に浸けた。「死ぬつもりだったかどうかは、大きなポイントですね。それならば、警察が責められる謂われはないように感じますが」

「そう言ってくれるのは君だけだよ」大迫も牛タンを取った。「残念ながら、犯人を死なせてしまったのは事実だ。警察の失点には違いない。おまけに拉致されていた人間を助けられなかったということもあって、二重の失態だよ。責められても仕方がない」

「それで後始末に奔走したわけですか」

「まあね。でも直接事件との関わり合いのない私よりも、直接事件を指揮した向島警部の方がずっと大変だったけどね」

「向島警部?」

突然固有名詞が出てきて、彼は訝しげな表情を浮かべた。そうだった。彼は向島の名前を知らないはずだ。顔はよく憶えているだろうけど。

「憶えていないかな。ほら、ハイジャック事件のとき。事情聴取をした警官の中で、鬼瓦みたいな顔をした奴がいただろう? あれが向島警部だ。SATという、警視庁の特殊部隊のリーダーをやっている」

彼の表情が瞬時に締まる。おそらく彼の人生で最も危険な体験だっただろう、那覇空港のハイジャック事件。死者も出たあの事件は、思い出話で済ませるには重すぎる。彼はわずかの間、事件に思いを巡らせるように黙った。そのままビールをひと口飲んだ。

「——ああ、プロレスラーみたいに大きな人ですね」

「そう。そいつだ。やっぱり憶えていたか」

彼は露骨に嫌な顔をした。「そりゃ憶えてますよ。まるで犯罪者みたいに扱われましたからね」

「すまなかった」

大迫は素直に謝った。ハイジャック事件が終息した後、警察は関係者全員に対する事情聴取を行った。

聴取を担当した警官で、特に厳しく質問をしたのが向島警部だ。那覇空港に配備されていたS

ATは、あの事件でほとんど活躍することができなかった。面目を潰された格好の向島は、事件の全容を解明するのに、かなり力を入れていた。その気負いが、彼に対する尋問となって表れたのだ。

大迫はふと思う。この席に、向島を呼ぼうかと。

別に、彼に対する嫌がらせではない。実は向島は、彼に対して尊敬の念を抱いているからだ。

向島は心身を徹底的に鍛えるSATの長だ。そんな向島から見ると、今の若者は軟弱すぎて気に入らない。彼もそんな一人だと思っていたのに、実は違った。彼は一民間人でありながら身の危険も顧みず、人質となった子供の命を守るため、ハイジャッカーと丁々発止のやりとりをしたのだ。その事実が明らかになるにつれ、向島の気負いは、彼に対する敬意に変わった。鍛えあげられたプロフェッショナルが、誇りある行動を取った人間に対して抱く、自然な敬意。向島の彼に対する気持ちは、そのようなものだった。

「――どうしました？」

彼の声に、我に返った。彼に視線をやると、困ったような笑顔を浮かべていた。

「どうしました？　一人でにやにやして」

「え……っと」大迫は慌てて表情を戻す。そうか。今自分は笑っていたのか。彼と再会したときの、向島の動揺を想像したからかもしれない。無骨な向島は、感情を素直に表すのが苦手だ。もし突然彼に引き合わせたら、あのゴリラのような男は、まるで初恋の女性と再会したようにうろたえるだろう。

けれど大迫は、向島を呼ぶのは止めた。向島は現在、アジトから得られた証拠を元に、PWを潰すために奔走している。今夜はそっとしておいてやろう。警部を彼に引き合わせるのは、もっとゆとりのあるときでいい。

「失礼した」大迫は気を取り直し、運ばれてきたカルビを焼き網に載せた。「その向島警部が、昔から潰したいと思っていた過激派組織があってね。今回の事件は、その組織が起こしたものだ。名前を『PW』という」

「確かそんな名前でしたね」彼は大迫の笑顔を追及しないまま、話についてきた。「面白い名前だから、憶えていました」

「面白い?」

「ほら、過激派っていえば、『愛国』とか『義勇軍』とか、勇ましい名前をつけがちでしょう?それなのにアルファベットで『PW』なんて珍しいと思ったんです」

「確かに珍しいね」大迫はビールを飲んだ。「君の年齢だと、PWのことは知らないだろうね」

彼が首を傾げた。「というと?」

「PWの歴史は、日米安保から始まっているんだよ。安保反対を唱えた組織のひとつだ。創設時の指導者が言った『太平洋に壁を作ってアメリカが入ってこられないようにする』という言葉が、組織名になった」

「なるほど」彼もうなずいた。「パシフィック・ウォールですか」

「そう。英語にしたのは、アメリカに聞かせるという心意気があったようだね。実際、安保闘争のときは、なかなかの活躍だった。危険な過激派として警察からはマークされ、他の組織からも一目置かれていた。それで有頂天になったようだ。幹部同士の対立が起こり、内部抗争が始まった。それからは、安保そっちのけで身内の殺し合いだよ。そんなことをしている間に、組織の力はどんどん弱まっていった。もう十年以上、目立った反政府活動は行っていない」

彼は無反応で肉を食べていた。今の話にピンときていないようだ。無理もない。彼の年齢だと、物心ついたときにはもう安保闘争は終わっていた。おそらく彼の感覚では、太平洋戦争と日本国憲法と日米安全保障条約は、ワンセットになった『歴史』なのだろう。それに反対した団体があるといっても、実感が湧かないのかもしれない。

「でも、今回事件を起こした」それだけ言った。「どんな事件だったんですか?」

「やっぱり内部抗争だよ」大迫は簡単に答えた。「内部抗争はPWのお家芸だが、それは今でも変わらない。現在は、あくまで武力による米軍排斥を主張する武闘派と、米軍基地を抱える町の住民を支援していこうという穏健派に分かれていたようだ」

彼は目を丸くした。「過激派なのに、穏健派なんてものがあるんですか」

「そりゃあるさ。どう考えたって、投石と火炎瓶では米軍を追い払えない。それよりは、米軍基地の移転を望む地元の声を大きくした方が、結果的にはゴールが近くなる。そう考える連中もいるよ」

「それは意見が割れるはずだ」彼は完璧な他人事モードでコメントした。適度に焼けたカルビを箸で取る。

「お互いの派閥にはそれぞれ顧問弁護士がいて、お互いを説得しようと交渉を続けていたようだ。しかし溝は埋まらない。そうしているうちに、今回の事件が起きた。武闘派の一人が、穏健派の顧問弁護士を拉致したんだ」

「拉致、ですか……」

彼は眉をひそめた。一般人にはあまり縁のない言葉だ。

「PWはしょせん過激派だ。武闘派と穏健派の区別はあっても、用いる手段はそれほど変わらない。表向きは交渉を続けていたが、裏では穏健派は権謀術数を巡らして武闘派を弱体化させようとしていたし、武闘派は暴力で穏健派を抹殺しようとしていた」

彼の表情はますます険しくなる。「つまり武闘派は、穏健派の弁護士を殺害して、穏健派の力を弱めようとしたわけですか」

「そういうことだ。新聞報道もなされているから言うけど、拉致したのは武闘派の芳賀という男で、されたのは野口という弁護士だ。野口は穏健派と結びついていて、武闘派に対して説得を続けていたようだ。そんな野口の関心を惹いたのが芳賀だ。芳賀はまだ若いが、武闘派の攻撃部隊を指揮するほどの男だ。芳賀を説得できれば、穏健派が組織の主導権を握れる。野口はそう考えたようだ」

「でも失敗したと」

「そういうこと。どうやら野口に読み違いがあったようだ。芳賀は武闘派とはいえ、けっして凶暴なだけの男ではなかった。他の武闘派がすぐにキレて思考停止になるのに対して、芳賀は野口の話をきちんと聞いた。それで野口はいけると思ったんだろうな。話をすることが、説得の第一歩だからね」

彼が肉を飲み込んだ。「それでも事件が起きたということは、野口弁護士は説得に失敗したんですね」

「ああ。芳賀は話を聞いたうえで、それでも武闘派の看板を下ろさなかった。野口の話を聞いたのも、どんな説得を受けても自分の信念は揺るがない――そんな確信があってのことだったようだ。視野が狭くて考えが硬直しているとも言えるが、少なくともバカじゃない。芳賀について周辺から話を聞いてみると、知的で純粋な人物だったようだ。その性格を如実に表すエピソードがある」

「エピソードときましたか」

彼はおどけた仕草で応えたが、目に好奇心の光があった。芳賀に興味を持ったようだ。

「ＰＷは武闘派と穏健派に分かれていたと言っただろう？　けれどどちらに付くか決めかねているメンバーもいたんだ。勝ち馬に乗りたいというのは、当然の心理だからね。そんな一人が、ある日芳賀に呼ばれたんだそうだ。そして缶ジュースを一本渡された」

「缶ジュース？」

「ああ。芳賀はそのメンバーに向かって、この缶ジュースを交番の脇に置いてくるようにと指示したそうだ。その缶ジュースの底には、いかにも細工をした後のように、ビニールテープが貼られてあった」

「――なるほど」彼の顔に理解が広がった。「踏み絵、ですか」

「そうだ。芳賀は口に出しては言わなかったが、ＰＷのメンバーであれば、それが爆弾だろうと想像する。ところがそれは爆弾なんかじゃなかった。芳賀はテープを貼った缶ジュース一本で、旗色を明確にしていないメンバーに決断を促したんだ。缶ジュースを交番に置いてくれれば武闘派、置かなければ穏健派というふうにね。そんなふうに迫られたら、芳賀に逆らうことなどできないだろう。特に自らの進路を決めかねている未熟者はね。芳賀はそんな連中の背中を押してやったんだ。そして武闘派に仲間入りしたメンバーについては、徹底的に守った。だから人望は厚かったらしい」

彼もうなずいた。「納得できる話ですね。攻撃部隊の指揮官なんて、よっぽど信頼されていないと任せられないでしょうから。それに事件を起こして死んだのであれば、巻き込まれるのを恐れる部下は、芳賀さんをけなすでしょう。『あいつは組織のはみ出し者だ。いなくなってくれてよかった』みたいに。そんな悪口が聞こえなかったということは、芳賀さんはよほど慕われていたんですね」

「そういうことだ。芳賀の説得に失敗した野口は、そこで作戦を変えた。芳賀がいる限り武闘派の結束は揺るがないことがわかったから、野口は芳賀を失脚させようと画策したんだ。それに気づいた芳賀は決心したようだ。野口を生かしておいては、PWは悪い方向に向かう、と」

彼はビールを飲み干した。

「悪い方向とは、この場合、PWが穏健派の組織になってしまうということですね」

「そのとおり。芳賀がそう感じてしまうほど、策略家としての野口は敏腕だったということだ」

大迫は店員を呼び、ビールのお代わりと上ミノを注文した。この店は、内臓もうまい。

「その芳賀さんという人は無軌道に暴れる性格ではなかったけれど、いったん決めたらどんなに冷酷なことでも平気でやる——そんな人だったんですね。でも野口弁護士は、そこまで読めなかった」

彼は空になった皿をテーブルの脇にどけながら言った。真面目な口調だった。彼は、覚悟を決めた人間の怖さを知っている。

「芳賀さんは野口さんを拉致した。大迫さんはさっき、拉致されていた人間の救出に失敗したと言いましたね。ということは、野口さんはやはり芳賀さんに殺されたのですか？　警察は間に合わなかったと」

さすがによく聞いている。しかし大迫は首を振った。「それだったら、まだマシだったんだ。事実は違う。状況を簡単に言うと、警察が踏み込んだとき、野口は生きていた。しかし野口の傍には、罠が仕掛けられていたんだ。警官が野口に近づいたとき、罠が作動して野口を殺すようにね。警官の一人が、その罠を作動させてしまった。それが原因で、野口は死んだんだよ」

彼は呆れた顔を見せた。

「拉致の次は罠ですか。ますます一般人から遠い話になりますね」

「確かに、関わり合いになるのはお勧めできないね」やってきたビールを彼に渡して、大迫は言った。

「一生無縁でいたいです」彼はビールを飲んだ。「どんな罠だったんですか？」

「そうだな」大迫は上ミノを網に載せながら、説明の手順について考えた。

「罠の前に、まず事件の状況を簡単に説明しておこう。三週間前、一人の女性が一一〇番通報してきた。その女性は野口の娘で、父親を助けてほしいと訴えた」

「娘、ですか」

彼が反応した。彼にも子供がいるから、犯罪に子供が登場すると、過敏に反応する。

「娘といっても小さい子じゃないよ。大学を出て社会人になったばかりという歳だ。彼女も大人になっていたから、自分の父親がどんな団体とつき合っているのかは知っていたらしい。父親が過激派に肩入れしていることを知って、娘は父親に対する相当な嫌悪があったようだ。野口自身は娘に対して、『破壊活動を止めて、地域住民と共に市民運動によって目的を達成するよう、PWを説得しているんだ』と説明していたようだが」

「なるほど。嘘ではありませんね」彼は上ミノを取った。辛口のタレをつける。「そのためにとった手段が、娘に言える種類のものだったかどうかは別として」

「そうだね。彼女が言うには、芳賀が野口の家に乗り込んできて、目の前で父親を強引に連れ去ったということだった」

彼が顔を上げた。「娘さんは、芳賀さんを知っていたんですか?」

「ああ。野口は芳賀を失脚させようとしていたって言っただろう? 芳賀を説得するふりをして、家に招いたことも何度かあったらしい。その事実をさりげなく他の武闘派に流せば、芳賀が野口と懇意になって、穏健派に転向したという印象を与えることができるからね。そのときに娘も芳賀と対面させられたらしい。そして野口を拉致したときの芳賀の言葉から、父親はマンションのアジトに連れて行かれたようだとも証言した」

「娘さんは、そのマンションの場所も？」

「ああ、父親から聞いて知っていたらしい。よくそこに説得に行くのだとね。都心から電車で三十分くらいのところにある、老朽化したマンションだ。娘の話を聞いて、警視庁はすぐに踏み込むことを決めた。力が衰えたとはいえ、ＰＷが危険な組織であることには変わりはない。ましてや弁護士を拉致したのは、武闘派の戦闘隊長だ。放っておくと殺人が行われるのは明白だった。急ぐ必要があったんだ」

「ふむ」彼はそう言って、また上ミノを取った。カルビのときよりもペースが速い。彼も大迫と同じく、内臓肉が好物のようだ。

「最近市民の訴えを警察が取り合わなくて、そのおかげで悲惨な事件が起こってしまう事例が多いと聞きます。この事件に関しては、そんなことはなかったのですね」

「まあね。相手が過激派だったからということもあるが、我々だって学習しているんだよ。悲惨な結果に終わったのは一緒だけどね」

「罠のせいで」

大迫はうなずいて、ビールを飲んだ。

「いやらしい罠だ。現場となったアジトは、マンションの最上階、六階のいちばん奥の部屋だった。間取りは1Kだ。玄関から入るとすぐにキッチンスペース、その奥に細長い部屋があって、その先にベランダ付きの窓がある。そんな構造だ。部屋の床面積は八畳ほどあるが、細長いから、それほど広くは見えなかったと聞いている」

「ずいぶんと使いにくそうな部屋ですね」

「古いマンションで、へんてこなリフォームをしたんだろう。ともかく警察が踏み込んだとき、芳賀と野口は部屋の中央にいた。野口は縛られて床に転がっていて、芳賀はそのすぐ傍に、ナイフを持って立っていた。警察は玄関ドアと窓から同時に踏み込んだから、ちょうど細長い部屋の両端に警官がいて、中央に芳賀と野口がいたことになる」

彼はその様子を頭に思い浮かべるように、宙を睨んだ。「なるほど」

「芳賀はナイフを警官に投げつけると、玄関やベランダからではなく、横の明かり取りの窓から逃げた。だから警官たちは横の壁へ向かっては移動したけれど、部屋の中央へは行かなかった。行ったのは、芳賀が死んでからだ。芳賀が死んで、現場の警官も少し気が抜けたのかもしれない。部屋の中央に転がった野口の手前に、糸が張られているのに気づかなかった」

「糸？」

「そう、糸だ。カーペットと同じ色の糸が床スレスレに張られていて、野口に近寄ってきた人間が足を引っかけるようになっていた。後でわかったことだが、野口の首、襟で隠れて見えないところに、小型の爆発物が貼り付けられていた。足を引っかけて糸が引っ張られると、それが爆発するようになっていたんだよ。小さいとはいえ、人体の組織を破壊できる程度の力はあった」

彼は理解したように、大きく息をついた。

「その爆発で、野口弁護士の頸動脈が裂けた。大量の出血のため、救急車が到着する前に死亡。そんな感じですか」

「正解」

焼肉屋の個室には、少しの間沈黙が落ちた。二人の男は黙って肉を食べていた。二人同時に二杯目のジョッキを空けた。

「肉とビール、まだいくかい？」

「いきましょう」

大迫は店員を呼んで、追加を注文した。彼はまだまだ食べそうだったから、焼き網を新しいものに換えてもらい、肉も多めに頼んだ。彼は一方的におごられるのを嫌うけれど、追加分くらいは大迫が払うつもりだった。警察の仕事をしていると、陰鬱な気分になることが多い。そんなとき、彼のような聡明な部外者と話をするだけで、大迫の気分は晴れるのだ。今夜も警察の失敗を彼に聞いてもらうことで、重かった心が、少し軽くなった気がしていた。なんのことはない、若い者相手に愚痴を言っているわけだ。食事代を多めに払おうとするのは、その代償行為なのかもしれないと、大迫自身は考えていた。

ビールと肉がやってきた。新しい網が十分に熱せられるのを待って、肉を載せる。

「当たり前のことを聞くようですけど」彼は口を開いた。「その罠は、芳賀さんが仕掛けたものなんでしょうね」

大迫はうなずく。「それは間違いない。罠に使われた部品には、芳賀の指紋が付着していた。芳賀は戦闘隊長として、爆発物に関する知識も持ち合わせていたしね」

「そうですか」彼はハラミをひっくり返した。「芳賀さんは、なぜそんな罠を仕掛けたんでしょうね」

「それは警察内でも議論になった。最初に出た意見は、保険ではないかというものだ」

「保険？」

「殺害の保険だ。芳賀は野口を殺す必要があった。さっきも言ったように、野口を生かしておいては、ＰＷは穏健派の組織になってしまう危険があったからね。野口の命は絶対に奪わなければならなかった。しかし芳賀は野口を拉致する際、娘に顔を見られてしまっている。警察がいつ踏み込んでくるかわからないから、自分が殺害できなかったときのために、殺害方法のバックアップとして罠を仕掛けたというわけだ」

大迫は説明したが、彼は首をひねった。

「なんか変ですね。変っていうか、説得力に欠ける説明です。それならば、なぜ芳賀さんは野口さんを拉致する必要があったんでしょうか。確実に殺したいのなら、拉致なんてする必要はありません。野口さんの家に乗り込んで、その場で殺せばいいでしょう。拉致する手間とナイフを刺す手間では、刺す方が簡単に決まっています」

「さすがだね」大迫は、彼の鋭い指摘に感心した。「実は警察内部でも、まったく同じ反論があった。そこで考えられたのは、芳賀の狙いは、自分の手を汚さないことにあったのではないかという仮説だ。わざわざ拉致を選択し、野口の娘にそれを見せつける。娘に通報させて、踏み込んだ警官自身が野口を殺す。それによって罪を逃れようとしたのではないか。そんな仮説が浮上している」

彼は口を開けた。少し驚いたようだ。そして憂鬱そうに頭を振った。

「すると芳賀さんは、警官に罠を作動させることによって、『野口を殺したのは自分ではない。警官だ』と主張するつもりだったんですか？」

「それが最も有力な説だ。事実、武闘派シンパの弁護士が、その論法で動いている。芳賀が死んだのは、警察が彼を無理に追いつめたからだ。野口が死んだのは、警察が不注意に糸を引っかけてしまったからだ。芳賀に野口を殺す意志はなかったと、裁判で争う姿勢をみせている」

彼は呆れた顔をした。「そんな理屈が通用するんですか？　我々一般市民の感覚では、こじつけにしか聞こえませんが」

「こじつけだね。だから裁判に負ける気はしないけれど、もつれるかもしれない。芳賀はともかく、野口の死に関しては、警察の不注意を指摘される可能性はある」

彼はすぐには答えなかった。焼けたハラミを口に入れ、よく嚙んでから飲み込んだ。

「確認したいんですが」

「なんだい？」

「罠のことです」彼は視線を大迫に向けた。「警察は玄関とベランダの、両方から部屋に入ったんですよね。糸は、野口さんを挟んで両側に張られていたんですか？　玄関側からとベランダ側からの、どちらから警官が近づいても罠に引っかかるようにと」

「いや、そうではなかった。罠は玄関側だけだった」

「ということは、もしベランダから入った警官が野口さんを助けようとしていたら、野口さんは死なずに済んだということですか」

大迫はうなずく。「警察に『たられば』は禁物だけど、そういうことだ。武闘派の顧問弁護士も、その点を突いてくるだろう。しかし逆に言えば、そのことは芳賀はベランダからの侵入を想定していなかったことを示している。警察はベランダからも突入して、芳賀の退路を断った。アジトが最上階だったから、ロープを使って難なくベランダに降り立つことができたんだ。間違いなく警察は、芳賀の裏をかいていた。そこまではよかったのに、詰めを誤ったことが悔やまれるよ」

大迫は嘆いてみせたが、彼は慰めてくれなかった。ビールジョッキを傾け、まだ半分中身の残ったジョッキをテーブルに置いた。

「警察の立場では、悔やむしかないでしょうね。でも芳賀さんは別に、警察に悔やんでほしくはないと思いますよ」

「え?」

大迫は問い返す。言葉の意味がよくわからなかった。彼は箸を置いた。

「芳賀さんは、警察なんて眼中になかったと思います」

焼き網が空になっていた。大迫の箸が機械的に動いて、網に肉を載せる。

「——どういうことだい?」

大迫は目の前の青年を見つめた。彼の発言の意味がよくわからない。大迫の視線を受けた彼は、きわめて人間的な動作でビールを飲み、息をついた。

「大迫さんが話してくれたということは、その事件はもう終わったものでしょう。ＰＷ潰しの捜査は今後も続くのでしょうが、少なくとも芳賀さんと野口さんが死んだ事件に関しては、警察の中では処理が終わっている。そうでしょう？」

大迫は緊張した。大迫は彼の頭脳を知っている。警察が見落とした何かを、彼は見つけだしたのだろうか。大迫はそう質したが、彼は素っ気なく首を振った。

「芳賀さんは罠を仕掛けた。警官が罠を作動させ、野口さんは亡くなった。芳賀さんも逃げ損ねて死亡した。事実は変わりません」

確かにそれはそうだろう。けれど彼の言葉には、それで済ませてはいけないものが含まれているように感じられた。

「わからないな」大迫は実際に首を振ってみせる。「君は事件の話を聞いて、何を考えたんだ？」

彼は大迫が載せた肉をひっくり返した。「焼肉はうまいんですが、腹がふくれると、せっかくのいい肉をつい焦がしてしまうんですよね」などとつぶやきながら、ミディアムのハラミを口に入れた。

「警察の人は、やっぱり警察の人ですね。警察のことしか考えていない」

意味不明の言葉だった。大迫が説明を求める。彼はうなずいた。

「過激派対警察。安保闘争の頃から延々と続く敵対の構図です。私にはよくわかりませんが、それは警察にとって、ごく当たり前に存在するものなのでしょう。今回の事件も、あなた方はその構図に当てはめて事件を片づけました」

「というと？」

「向島警部、でしたっけ。あの大きな人は、ＰＷをずっと潰したがっていたとおっしゃいましたね。それは向島警部だけではなく、いわば警察の総意でしょう。そんな警察だから、当然ＰＷも常に警察を憎み、警察を攻撃したがっている——そんなふうに考えていたのではありませんか？だからこそ芳賀さんは、警察自身に手を下させるという罠を仕掛けたと判断した」

「違うのかい？」

大迫はそう返した。警察はまさにそう考えたからだ。しかし彼は首を振った。

「確かにそう考えても事件は成立します。けれどそう考えると、芳賀さんの行動におかしなところが出てきます」

「おかしなところ？」

彼はうなずく。「いくつかあります。まず芳賀さんの備えです。糸は一本しか張られていませんでした。芳賀さんが警察を陥れようとしたのであれば、彼は警察がベランダからも侵入してくるとは考えなかったのでしょうか。芳賀さんは知的な人物だと聞きました。アジトはマンションの最上階。警察が野口さんの救出に動くのであれば、屋上からベランダに降りてくる可能性を考えても不思議はありません。なぜ芳賀さんは、ベランダ側にも糸を張らなかったのでしょう」

「しかし、現実にベランダ側に糸は張られていなかった。そのことこそ、芳賀がベランダへの備えを失念していた証拠じゃないか?」

大迫の反論に、彼は首を振った。

「芳賀さんがうっかりベランダ側に糸を張っていなかったから、彼は警察に出し抜かれた。そう考えたいお気持ちはわかりますが、もしそれが本当なら、次のおかしなところが出てくるんです」

彼は再び大迫の目を見つめた。「芳賀さんは、なぜその場にいたのでしょうか」

大迫は虚を突かれた。「え?」という間抜けな返答しかできなかった。

「罠には長所も短所もあります。長所は、仕掛けた本人がその場にいなくても、効果を発揮する点です。それなのに罠を仕掛けた張本人が、ずっとマンションにいた。そのおかげで芳賀さんは死ぬ羽目になったのです。彼はどうして罠を仕掛けた後、その場を離れなかったのでしょう」

「そ、それは、警察が逃げる暇を与えず現場を急襲したから……」

言いながら、大迫はそれが間違っていることを自覚していた。それを彼が言葉にする。

「芳賀さんは、野口さんを拉致してから警察がやってくるまで、どの程度のタイムラグを設定したんでしょうか。今回は通報後、警察はすぐ動いたそうですが、それでも時間がかかったはずです。一一〇番通報を受けて、野口さんの娘さんから事情を聞いて、PWを追跡している担当部署から情報を得て、特殊部隊が突入する許可を責任者に取る。一時間以内にそれがすべてなされたならば、逆に日本警察の指揮系統はたいしたものだと思います。でも現実はおそらく違うでしょう。民間人の訴えを無視して、事件が起きるのを放置した事例があるくらいですから。そうしなかったとしても、特殊部隊の基地から現場までの距離があります。芳賀さんに気取(けど)られないよう、サイレンの聞こえる距離では交通規則に従うしかありませんし。芳賀さんが罠を仕掛けてから逃亡する時間は十分にあります」

「……」

「警察が突入してからの芳賀さんの行動も変です。玄関からとベランダから、芳賀さんは警官に挟み撃ちに遭いました。その時点で、芳賀さんは罠によって野口さんを殺せる可能性が半減したと考えたはずです。玄関から侵入した警官とベランダから来た警官の、どちらが先に野口さんに近寄るか、わからないわけですから。そうなってしまうと、もう罠は役に立ちません。でもPWのため、芳賀さんは野口さんを殺す必要があった。それなのに、なぜ芳賀さんは、野口さんを放り出して逃げたりしたんでしょう」

「そ、それは……」

大迫には答えられなかった。彼はなおも続ける。

「そもそも、罠で野口さんを殺すつもりだったという、前提自体がおかしいんです。罠の短所は、確実性がないことです。『かかればラッキー』というのが罠の本質でしょう。警察が罠の存在に気づいてまたぎ越える可能性を、芳賀さんは考えなかったのでしょうか。野口さんを確実に殺したい芳賀さんが、罠という手段を採用するとは思えないのです」

彼はビールを飲んだ。「そんなふうに考えていくと、警察の結論は納得できるものではありません。芳賀さんが警察を罠にはめようとしたというのも、ケアレスミスからそれに失敗したというのも考えづらいのです」

「……」

大迫はすぐには返事ができなかった。彼の指摘は、警察では一切顧みられることのなかったものだったからだ。彼が指摘したとおり、警察は芳賀が警察を陥れようとしたとばかり考えていた。しかし言われてみればそのとおりだ。芳賀の行動からは、警察を気にしていた様子がまるで感じられない。

「それでも現実に芳賀さんは野口さんを拉致し、罠を仕掛けた。なぜか。ここで考えなければならないのは、芳賀さんが野口さんを拉致したことを最初に知ったのは誰か、ということです」

それは一人しかいない。

「野口の、娘……」

彼はうなずいた。「芳賀さんは野口さんを拉致して、それを野口さんの娘さんに見せつけておきながら、警察がやってくることを考えていなかった。それはどういうことなのか。芳賀さんは、娘さんが警察に通報するとは考えなかったのではないでしょうか」

背筋がぞくりとした。彼は何を言っているのか。大迫には理解できなかったが、彼が見当違いのことを喋っているという確信もなかった。

「ここで意味を持ってくるのが、娘さんがマンションの場所を知っていたという事実です。拉致したときの言葉から、マンションのアジトに連れて行かれることがわかったというのは、明らかに変です」彼は大迫の目を見た。「大迫さん。過激派というのは、拉致する際『さあ、これから八王子駅前のアジトに連れて行って、尋問してやるぞ』とか言うものなんですか?」

大迫は首を振る。そんなわけはない。

「アジトの場所を以前父親から聞いていたというのも変です。『PWを説得しに行ってくる』とは告げても、具体的な場所までは普通言わないでしょう。それなのに娘さんは、アジトの場所を具体的に警察に伝えられた。彼女はそれらの情報を得たソースについて、真実を警察に言っていません。彼女はどうやってそれを知ったのか。芳賀さんが拉致する際、娘さんに教えたということでしょう。そこにはメッセージが込められています。父親を取り戻しに、アジトへ来い、という」

大迫の全身が総毛立った気がした。彼は箸を置いた。

「そうです。罠に引っかかる対象として芳賀さんが想定したのは、警察ではなくその娘さんですよ」

「そんな、バカな……」

大迫はそうつぶやくのが精一杯だった。なぜそこに娘が登場する？　父親はともかく、彼女自身は過激派と関係がないのに。大迫はそう指摘したが、彼は首を振った。

「関係ありますよ。だって、芳賀さんは何度か野口さんの家に招かれていたんでしょう？　その際に娘さんは芳賀さんと会っています。彼女は嫌っている父親の客が過激派だと知って、どう感じたでしょうか。父の悪い仲間と思って激しく嫌悪したのでしょうか。それとも父と対立する立場と知って、逆に共感を覚えたのでしょうか。敵の敵は味方、という論法で。私は後者を考えました」

大迫は唾を飲み込んだ。「芳賀と野口の娘は、恋愛関係にあった……？」

彼は小さくうなずいた。「芳賀さんは知的で人を惹きつけるタイプでした。武闘派ではありましたが、静かに他人の話を聞いて、そして議論のできる人だった。父親と議論している芳賀さんを見て、娘さんが好意を寄せたとは考えられませんか」

「……」

「芳賀さんの方は、娘さんのことをどう思っていたんでしょうか。野口さんが自分を陥れようとしていると知って、仕返しの意味で娘さんを誘惑したのか。それとも『ロミオとジュリエット』みたいな気持ちになって、彼女にときめいたのでしょうか。それはわかりませんが、彼が娘さんの目の前で父親を拉致し、自分の潜伏先をわざわざ教えたという事実が、二人がただならぬ関係にあったということを示しています。ただの知り合いならば、芳賀さんは潜伏先を教えたりしないでしょうし、教えたならば警察に通報されることを前提に対応を考えていたことでしょう」

「し、しかし」大迫はなんとか反論しようとした。「それでは、あの罠はいったい……」

彼はすぐに答えなかった。残り少なくなったビールジョッキをじっと見つめていた。

「芳賀さんと娘さんが愛し合っていたとしましょう。けれど芳賀さんは過激派の戦闘隊長で、娘さんは一般人です。まともに考えれば、うまくいくはずはありません。二人が関係を続けるためには、方法はふたつしかないのです。芳賀さんが足を洗って一市民に戻るか、娘さんがＰＷに入るか。芳賀さんがどちらを選択したか、考えるまでもないでしょう」

「芳賀は、野口の娘を、仲間にしようとしていたのか……」

彼の表情は、あくまで淡々としていた。彼は他人事の口調で続けた。

「芳賀さんは野口さん殺害を決心した。それは組織のために、絶対必要なことだった。決心した段階で、芳賀さんは娘さんのことを諦めようとしたでしょう。しかし芳賀さんは、可能性に賭けてみることにした。彼女が父親ではなく自分を選ぶ可能性に。だから芳賀さんは、彼女にアジトの場所を教えた」

「来い、と――」

「そうです。いつのまにか芳賀さんの頭の中では、彼女が自分を選ぶか父親を選ぶかは、彼女が武闘派なのか穏健派なのかと同義になっていました。どちらを選ぶにせよ、警察に通報するわけがない。芳賀さんはアジトに娘さんが一人で来ると信じていた。そこで彼女に決断を迫るつもりだった。部下に缶ジュースを渡したように。ただ、芳賀さんは彼女を愛していましたが、彼女が決心できない可能性を考えていたのでしょう。だから芳賀さんは、彼女の背中を押す道具を用意していた」

「それが罠、か……」大迫はぽつりと言った。彼はうなずく。

「芳賀さんは彼女のために罠を用意したんです。彼女は倒れている父親を見つけて、駆け寄るでしょう。そして罠に引っかかる。首から血を流す野口さんを示して、芳賀さんはこう言うつもりだったのでしょう。君が父親に手を下したんだ。もう君は、我々の仲間になるしかない、と……」

大迫の身体が硬直した。彼の話していることは、あまりにも常軌を逸している。芳賀は自ら手を下さないために罠を用意した――警察の仮説は当たっていた。しかし相手が違った。過激派の相手は警察ではなかった。芳賀が気にしていたのは、ただの小娘だったというのか。

「芳賀さんは踏み絵のつもりだったのかもしれませんが、その踏み絵は上から砂をかけられて、見えない状態でした。それを踏んでしまったところで、誰も自分が転向したとは思いません。それでも芳賀さんは、それにより彼女の背中を押した気になっていた。動転した彼女に父親を殺したという偽りの自覚を持たせることによって、仲間に引き入れられると信じていた」

「ひどい話だ……」

大迫は思わずつぶやいた。芳賀にとって、愛することとは陥れることだったのか？　それとも、愛と束縛を同一視していたのか？

彼は頭を振る。「芳賀さんは優秀な人物だったようですが、いかんせん視野が狭かった。彼女には、芳賀さんを選ぶか父親を選ぶかの、どちらかしかないと思い込んでいたのでしょう。しかし彼女の立場では、芳賀さんを選ぶという選択肢はひとつですが、選ばないという選択肢はたくさんあることに気づかなかった。それは単に父親を選ぶというレベルに留まりません。芳賀さんを捨て一般人に留まることで、開ける未来は無限にあります。過激派という特殊な世界でのみ暮らしてきた芳賀さんには、それがわからなかった。悩んだのでしょうが、彼女にとって警察への通報は、むしろ当然の帰結だった」

「だから芳賀は、警察が来たときに驚愕したのか……」

「そうです。芳賀さんがベランダ側に罠を仕掛けなかったのは、相手は娘さん一人だと考えていたからです。まさか娘さんが屋上からロープを伝って、ベランダに降りてくるとは考えませんからね。警察が突入したときに、芳賀さんが野口さんを殺さずに逃げたのも、そのためです。芳賀さんが待っていたのは、警察ではなく娘さんだった。それなのに警察が来たということは、彼女が通報したということでしょう。なぜ彼女が自分を裏切るような真似をしたのか。それを質さずにはいられなかった。その時点で、彼の頭から野口さんは消えた。彼はなんとか逃亡して、娘さんに会おうとした。そして死んだのです」

彼の話は終わった。ほぼ時を同じくして、肉もなくなっていた。肉は十分堪能したというふうに、彼はコンロのスイッチを切った。

自分はどうすればいいのだろう——大迫は考えた。彼の話は突飛ではあるが、検証できないわけではない。野口の娘に事情聴取をすればいいのだ。慣れた尋問官なら、一般人の小娘など簡単に落とせる。そうすれば、敵対勢力である芳賀と野口の娘が恋仲であったという、戯曲みたいな事実が明らかになるだろう。このことは、ＰＷを追っている向島警部に教えた方がいい。

大迫はそう考えて、腰を浮かしかけた。そこに彼の声が飛んだ。

「私がこんな話をしたのは、相手が大迫さんだからですよ」

浮かしかけた腰が止まった。大迫は彼を見る。彼は最後に残ったビールをちびちびと飲んでいた。

「警察はバカじゃない。いずれ今の仮説にたどり着くでしょう。事件の関係者で生き残っているのは、野口さんの娘さんしかいません。彼女を尋問するしか、真実を探る手だてはないのです」

彼の声は大きくなかった。けれど、かつて向島警部から尋問を受けた彼の言葉は、大迫の心に深く響いてきた。

「彼女が何をしたというのですか？　恋愛をし、目の前の犯罪行為を警察に通報しただけではありませんか。あなた方は、そんな彼女をＰＷの一員として扱うんですか？　――芳賀さんと同じように」

彼は大迫を見つめた。その視線に射止められたように、大迫は動けなくなった。

「どうやら、武闘派が彼女に対して報復を考えているわけでもなさそうです。それなら彼女のことはそっとしておくのが、最善の道ではありませんか？　それに――」

彼はビールを飲み干した。ジョッキをテーブルに置く。

「警察が過激派に無視されたなどという、恥ずかしい話も闇に葬れますし」

水際で防ぐ

「私どもは、決して悪いことをしているわけじゃないですよ」

事務局長は刑事に向かって言った。テーブルに両肘をついたまま、下からねめあげるように二人の刑事を見る。「日本には言論の自由がありますから、私どもも自分の考えを訴えかけているだけです。別に人様に実害を与えたわけではありません。その証拠に、被害届なんて出ていないでしょう?」

「さあ、それはなんとも」

二人の刑事のうち、年長の刑事が軽く受け流した。議論をふっかけられてまともに応じては、相手の思うつぼだ。機械的にこちらの要求だけを突きつける。それがこの手合いに最も有効な手段だ。署を出てくるときに上司から言われたことだし、刑事自身も経験からそれを知っている。

だから挑戦的な目をした事務局長に対して、「児玉(こだま)さんの部屋を見せてください」と言う以外に口を開かなかった。

事務局長は不満をあらわにしたが、それでも「捜査令状は？」などと言って時間を無駄にはしなかった。おそらくどれほど抵抗しても、結局は刑事を入れることになると知っているのだ。だからぶつぶつ言いながらも、机の引き出しから鍵を取り出して立ち上がった。

児玉の部屋は、事務所と同じビルの三階にある。このビルは団体が借り切っており、一階を事務所として、二階から上をメンバーの住居として使用している。各部屋の合鍵は事務所で管理しているから、ここに来れば部屋に入ることができるわけだ。事務局長は女性事務員に「ちょっと上がってくる」と言って、刑事とともに出口に向かう。刑事は女性事務員の敵意のこもった視線を背中に感じながら、事務所を出た。

「ああいう船は危ないんですよ」

階段を上りながら、事務局長はなおも言う。「タンカーもそうだ。あの連中が日本の生態系をどれほどの危機に陥れているか、あなた方が知ったら卒倒しますよ。警察の方々には、あんな輩をこそ取り締まってほしいですな。そしたら私どもも船を用意する必要がなくなる」

刑事たちはもちろん無視した。事務局長はそれ以上口を開かなかった。早いなと思ったら、もう部屋の前だった。

「ここです」

　ビルの三階、いちばん奥の部屋。非常階段のすぐ傍にある部屋が、児玉の住居だ。年長の刑事はわずかに筋肉を緊張させた。たいしたものは出てこないとわかっていても、何が起きても対応できる精神状態を保っておく。それが刑事として必要なことだ。一方若い刑事は、「何もないだろう」という上司の言葉を真に受けたのか、緊張感に欠ける顔をしている。後で注意しておかなければ。

「開けてください」

　刑事の言葉に、事務局長は一見不満そうだが、実は余裕綽々の表情で鍵を取り出して、ドアを解錠した。

「どうぞ。もちろん、中のものにはうかつに手を触れないでくださいよ」

　どうせ証拠になるものは何も残ってないよ、と言いたげな口ぶりだった。刑事はここでも受け流す。

「もちろんですよ。ちょっと参考にさせていただくだけですから」

　刑事は靴を脱いで部屋に入った。

　このビルの居住区は、すべて2DKだと聞いている。玄関から入るとすぐにダイニングキッチンがあり、奥に六畳と四畳半の部屋が並んでいるはずだ。ダイニングキッチンには、それこそ何もなかった。

「奥の部屋も拝見させていただきます」

返事を待たずに、年長の刑事が襖（ふすま）を開けた。

目に飛び込んできたのは、刑事が今までに何度も目にした光景だった。それでも刑事は、入口で思わず立ちすくんだ。

「どうしました？」

事務局長が呑気な声で尋ねてくる。いち早く自分を取り戻した刑事が、ゆっくりと身体をどける。そのため部屋の様子が事務局長にも見て取れた。

「ひいいっ！」

事務局長が叫んだ。その場にへたり込む。続いて若い刑事も叫んだ。さすがにこちらはへたり込みはしなかったが、顔面は蒼白だ。

若い刑事はまだ、人間が血まみれで死んでいるシーンを見慣れていないのだ。

まあ、仕方がないかな——年長の刑事は冷静に考える。

誰だって、いきなり血まみれの死体を見せられれば取り乱すだろう。嘔吐しなかったから、許してやろう。そんなことを考えながら、若い刑事に署へ報告するよう命令した。自分は部屋の中に入る。

若い男だった。顔には見覚えがある。この部屋の主、児玉ではない。署で見たデータを思い出す。思い出した。児玉ではなく、遠藤だ。確か、隣の部屋に住むメンバーではなかったか。

遠藤は頭部から大量に出血していた。死体のすぐ傍には大振りのスパナ。これが凶器だろうか。

――と。

刑事はそれに気がついた。スパナの傍でもぞもぞと動いているもの。

それは、見たこともない昆虫だった。巨大な昆虫が死体の傍を歩いている。

刑事の目には、それがカブトムシに見えた。

* * *

大迫警視が待ち合わせ場所に着いたとき、彼はすでに到着していた。

新宿の大型書店。大迫と彼がいつも待ち合わせ場所にしているのが、そこの雑誌売り場だ。雑誌売り場といってもそこは大型書店、雑誌だけでいくつもの書棚があるから、すぐに目当ての人物が見つかるというわけではない。けれど彼の場合はわかりやすかった。たいてい、ダイビング雑誌のコーナーにいるからだ。今日も彼はそこにいた。彼はすでに会計を済ませたらしい書籍を脇に挟んだまま、ダイビング雑誌を立ち読みしていた。大迫が声をかけると、彼も挨拶を返して雑誌を棚に戻した。

「じゃあ、行こうか。何か食べたいものはあるかい？」

「そうですね」彼は右手を持ち上げて、指先で額をかく。半袖のシャツから、思いのほか白い腕が覗いた。その白さで大迫は、彼が最近ダイビングをやっていないことを思い出す。

「魚のおいしい店があったら、ぜひ」

「魚って、刺身？　それとも焼いたり煮たり？」

「焼いたり煮たりの方です」

それなら心当たりがある。大迫は店に電話して個室を確保してもらい、彼を連れて書店を出た。
七、八分歩いて、大迫は目当ての店に着いた。現れた店長に軽く目で合図すると、店長は心得ているとばかりにうなずいて、二人を奥の個室に案内した。警察が使うから、周囲の様子に気を配ってくれという合図だ。今日は別に捜査中の事件の話をするわけではないが、この合図をしておけば、より気楽に話すことができる。
「ここは山陰の魚を扱っている店でね。一夜干しがおいしいんだ」

大迫はおしぼりで顔を拭きながら、そう説明した。彼は卓上のコンロを興味深そうに眺めている。「大迫さんは、本当にいろんな店を知ってますね」

「警察に勤めていると、くだらない情報ばかり増えてね。でもうまい店を見つけられるのは、有用な方かな」

「おかげで助かっています。うまいものにありつけて」

彼は笑った。

大迫に限らず、警察官が事件の関係者とプライベートで会うことは、ほとんどない。たとえとっくの昔に解決した事件であっても、また相手が犯人でなくてもだ。事件が終わったとたん、まるで船上の恋のように、その後は縁がなくなる。だから大迫の警察人生の中でも、彼は珍しい部類に属していることになる。

那覇空港で起きたハイジャック事件は、日本の警察にとって、暗い思い出として記憶されている。そして彼は事件中、ハイジャックされた機内にいたのだ。その意味では、彼は警察にとって忘れたい顔だと言える。それでも大迫は時々彼に会いたくなる。それは事件で彼の果たした役割にあったのではないかと、大迫自身は考えている。

彼が、ハイジャックされた機内で、人質の命を守るために懸命に努力したことが、客室乗務員や他の乗客の証言によって判明したのだ。一民間人である彼が、他人のために命がけで犯人に向き合ったという事実は、あのいやな事件で警察が見た、一筋の光明だった。そのときの記憶があまりにも鮮明なため、大迫は今でも、彼に救いを見ているのかもしれない。もちろん、彼が事件中呼ばれていたという、『座間味くん』というニックネームを気に入っていることも、彼を誘う理由のひとつだ。

プレミアムビールと、店おすすめの一夜干しが何品か運ばれてきた。店員がコンロに炭を入れ、火加減を調節してから、焼き網にイカの一夜干しを載せた。そして「後はご自由に」とばかりに個室を出て行く。

二人はビールで乾杯した。まだ残暑も厳しいから、ビールが特にうまく感じられる。彼も一息でグラス一杯を飲み干して、大きく息をついた。

大迫はあらためて彼を見る。短く刈り込んだ髪。その下の澄んだ瞳。若々しい顔。彼ははじめて会ったときと、まったく変わっていないように見える。唯一違うのが、先ほど気がついた白い腕だ。当時の彼は、日に焼けて真っ黒だった。大迫は空のグラスにビールを注いでやった。

「最近、潜りには行っていないのかい?」

大迫がそう言うと、彼は力なく首を振った。

「まったく行っていません。子供ができてからだから、もう四年になります」

太っちゃったから、当時のウェットスーツはもう着られないでしょうねと彼は自嘲気味に笑った。

「やっぱり、お子さんが大きくなるまでは封印?」

「そのつもりです。あと十年くらいは先でしょうか」

「でも、楽しみだろう。お子さんと一緒に潜るのは」

「まあ、そうですね」

彼は今度は、照れたような笑顔になった。まぎれもない、父親の顔だ。しかしその表情は、すぐに寂しそうに変化する。

「その頃にはもう、沖縄の海も変わってしまっているんでしょうけどね」

「どういうことだい？」

意味がわからず、大迫は問い返す。彼は焼き網のイカをひっくり返してから口を開いた。

「同じに見える海でも、時間が経つとそこに住む生物の種類が変わることがあるんです。特に近くの陸地で開発が進んだりすると、赤土が海に流れ込んできて、そこに住む生物相が全く変わってしまうこともあります」

以前通っていた海に十年ぶりで行ったのはいいが、当時の美しい記憶のまま再訪すると、がっかりすることになりかねない。それが彼の心配だった。

なんとなくわかる気がする。イメージとしては、「緑豊かだった故郷に久しぶりに帰ってみると、開発がなされていて普通の住宅地になっていた」というのに近いだろうか。そこまで考えて、頭の中で何かが引っかかった。なんだろう。大迫は記憶をたどる。生物相が変わる——これだ。

「どうしました？」

我に返ると、座間味くんが不思議そうにこちらを見ていた。少し自分の思考にこもってしまったようだ。照れ隠しにビールを飲む。彼が空いたグラスにビールを注いでくれた。

「ああ、ごめん。今の話が、最近の事件を思い出させたんだ」

「今の話って」彼は不思議そうな顔を崩していない。「沖縄の生物相の話ですか？」

「そう。生物相が変わるという話が関わった事件があったんだよ——イカはもう焼けたようだ。食べよう」

彼は「では」と手前のイカを取った。大迫も適度に焼けた胴体を、焼き網から取り皿に移動させる。肉厚で味が濃い。さすがに期待を裏切らない店だ。彼も軽く塩を振っただけの、イカのうまさに感動しているようだ。

「それで、生物相が絡んだ事件っていうのは？」

ひとしきりイカを堪能してから、彼は口を開いた。さすがダイバー。生物の話題はきちんと憶えている。もう終わった事件だから、大迫も隠すつもりはなかった。

「君は、外来種については知ってるかい？」

「ああ、本来その地域には生息していないのに、なんらかの理由によって運び込まれて居着いた生物ですね」

彼はすぐに反応した。そして大迫がそれを連想した理由も理解したようだ。

「生命力の強い外来種が入ってきたら、今まで平和に暮らしていた在来種の生活を脅かします。狭い生態系だと、外来種が一種類入ってきただけで、生物相ががらりと変わってしまうこともあります。有名なのは、湖に釣り用のブラックバスを放流するってやつですね。大迫さんが思い出したというのはそれですか」

さすが察しがいい。

「そうなんだ。外来種の危険性を訴えていた連中が事件を起こしてね。それを思い出したってわけだ」

「外来種の危険性を訴えていた連中ですか」彼はイカを飲み込んだ。「学者ですか？　それとも、環境保護団体？」

「環境保護団体だ。環境保護とひと口に言っても、地球温暖化からゴミ問題まで、分野は広い。団体によってどの問題を取り上げるかは様々なんだけど、その団体は外来種による生態系への影響をテーマにしていた。名前もずばり、『固有種を守る会』だ」

「立派なテーマじゃありませんか」彼は全然感心していない口調でコメントした。イカの次に、アジを焼き網に載せる。

「テーマは立派なんだけどね。行動には問題があったな。君は、外来種が運び込まれるルートを、どのくらい知ってるかい？」

「ルートですか」彼は天井を見上げた。「食料として運んだ。ペットとして連れてきた。釣りや狩猟の対象として運び込んだ。害虫や害獣の天敵として連れてきた。輸入品にくっついてやってきた。タンカーのバラスト水に入っていた――」

大迫は手を振った。「もういい。さすがにくわしいね。ともかく、それくらいたくさんのルートがあるわけだが、『守る会』はそれらのルートを自分たちの力で遮断しようとしたんだ」

「自分たちの力？――ああ」彼は納得顔をした。「腕ずくで、ということですね。それで犯罪ですか」

「ほぼ正しいけれど、微妙に違う」

大迫はきちんと説明することにした。焼けたアジを口に運ぶ。歳のせいか、それとも元々の嗜好のせいか、マグロのような高級魚よりもアジやサバの方を好むようになってきた。このアジも身が締まっていてうまかった。

「外来種の日本上陸を防いで、日本固有の生物種を守る。それが『守る会』の目的だ。それ自体は間違っていない。考え方はいろいろあるけれど、やはり固有の生態系を維持することは大切だろう。国だって動いている。外来種の脅威については、環境省が外来生物法という法律まで作って対策を講じているんだ。でも彼らの目から見れば手ぬるいんだろうな。彼らはもっと直接的だ。外国からペットとして動物を輸入したのはいいが、飼い主が面倒を見きれなくなって自然に放す。

君も指摘したように、これは外来種が日本に定着するひとつのパターンだ。『守る会』では、それを防ぐために何をやったか。ペットショップに輸入動物の販売をやめるよう、依頼状を出したんだよ」

「依頼状ですか」彼は驚かなかった。「送りつけられたペットショップはいい迷惑でしょうけれど、それなら腕ずくというほどのことはないですね」

「普通の依頼状ならね。ところが文面は実質上の脅迫だ。不買運動を起こすとか、近所に悪い評判を立てて商売ができないようにしてやるとか、そんなことが書かれていたそうだ。困ったショップのオーナーからの警察への通報も、一度や二度じゃない。しかし警察からいくら注意をしても、間違っているのはペットショップの方で、自分たちの方が正しいんだと涼しい顔だ。他にもある。ブラックバスを狙った釣り人の車に落書きをしたり、違法な放流がないかのパトロールと称して湖の周囲を練り歩いたりと、地域住民とトラブルばかり起こしている。釣具屋の店主と喧嘩になって、相手に大怪我を負わせたこともある。連中は国内の動植物を守ることには熱心だったけど、国内の人間はあまり大切にしなかったようだな」

「それはひどい」彼は顔をしかめた。「環境保護団体なんて、真面目にやっている人たちがほとんどでしょうに。そんな連中がいるから、真っ当な活動をしている人たちまで迷惑を被る。でも、大迫さんの専門は凶悪犯罪でしょう。テロリストとか、過激派とか。そんなせこい連中まで相手にするんですか?」

　同情混じりの口調だった。大迫は喉を湿らせるためにビールを飲んだ。

「それがね。それほどせこくもないんだよ。連中は、一度凶悪犯罪を起こそうとしたことがある。今、君もバラスト水の話をしただろう。『守る会』はそれを防ぐために、タンカーを乗っ取ろうとしたことがあるんだ」

　彼の頬がぴくりと震えた。グラスを握りしめる。

「それは……シージャックということですか?」

しまった。彼の心の傷にふれてしまっただろうか。大迫はあわてて明るい表情を作った。

「あっけなく失敗したけどね。ボートを出してタンカーに近づいたまではよかったけど、そこからタンカーに乗り込めなかったんだ。綿密な計画を練れるほど力のある団体ではなかったらしい。結局すごすごと引き返して終わりだ。タンカーにも、乗組員にも被害はまるでなかった。実行犯は逮捕されて、団体は危険な組織としてマークされた」

「なるほど」彼も肩の力を抜いたようだ。焼けたアジを頬張る。干物には痛風の原因となる、尿酸値を上げるプリン体が多い。彼は痛風を気にしなくていい健康状態らしく、全くためらうことなく山陰の海産物を胃に収めていった。

「けど、そんな変な連中までチェックしなければならないとは、警察も大変ですね」

完璧な他人事モードで彼はコメントした。大迫は苦笑する。

「まあね。君は、環境保護団体はほとんどが真面目に活動していると言った。それは本当だ。でも、そうでない連中も増えてきたんだよ。暴力団や右翼団体が隠れ蓑としてNPO法人を名乗ったりするし、活動はまともでも、バックに怪しい連中がいたりする。だから日本の治安を守る立場としては、一見たいしたことのない団体でも監視しなければならないんだよ。と言っても数が多すぎるから、ケアしきれないけどね。今回もそれが当てはまるかもしれない」

「今回ですか」いよいよ話が核心に入ってきたと感じたのだろう。彼の瞳が光を帯びた。もっともその右手は、焼き網にカラスガレイを載せるのに忙しいようだったが。

「メンバーの中でも、シージャックをしてまで目的を達成しようという過激な奴らは捕まってしまったから、『守る会』はだいぶんおとなしくなった。それでも腕ずくという発想からは抜けきれていなかったようで、やっぱり外来種が運び込まれるルートに姿を現して、抗議行動をしている。最近の彼らの標的は、もっぱら貨物船だ。いつの間にかキャビン付きの大型ボートを手に入れていて、特に輸入木材を運ぶ貨物船に近づいて、拡声器でがなりたてていた」

「輸入木材ですか」彼は感心したように言った。「セアカゴケグモなんかは、それに紛れてやってきたんじゃないかと言われていますね。木は様々な生物の住処ですから、木材を輸入するということは、生き物を輸入するということです。その意味では、彼らの狙いは正しいですね。もっとも、拡声器で反対のシュプレヒコールをあげたところで、木材の輸入が止まるとは思えませんが」

「そうだね。ともかく、彼らはそんな活動をやっていた。先日も、東南アジアから木材を運んできた貨物船がタグボートを待っているところに近づいてきて、あーだこーだと言っていた。夜間のことでね。照明の陰になる暗がりに船を寄せて、そこから拡声器で抗議していた。貨物船の乗組員はうるさくて仕方がない。それでも実害というほどのことでもないから、放っておいた。その貨物船は北朝鮮船籍でね。日本警察とはできるだけ関わり合いになりたくないという意識も働いたらしい。『守る会』も、それを知っていてその船を標的に選んだ可能性がある」

「なかなか計画的じゃありませんか」彼が淡々と評した。「タンカーの時は失敗したけれど、連中も進歩してるんですね」

しかし大迫は首を振る。

「それがそうでもない。貨物船の乗組員は通報しなくても、港湾関係者が通報したんだ。そこで水上警察隊が出動して、連中を追っ払った。乗組員も腹に据えかねていたらしく、水上警察隊が近づいてきたときには、縄ばしごを半分くらい下ろして、そこで船員が連中と罵り合いをしていたそうだ。もっとも船員はフィリピン人で、『守る会』は日本人だから、言葉が通じないままの罵り合いだったそうだが」

「追っ払った」彼が箸の動きを止めた。

「捕まえなかったんですか?」

彼はさすがに聞き逃さなかった。大迫は頭をかく。

「逃げられたんだよ。えらくスピードの出るボートだったらしい。そこで水上警察隊が、あれは違法改造しているに違いないと言い出した。そうでなければ逃がすことはあり得ないと。負け惜しみに聞こえるが、違法改造という読みは正しかった。警視庁で調べたところ、団体が所有するボートは、高出力のエンジンに換装されていたんだ」

「まるで工作船ですね」

「まさしく工作船だよ。そっと近づいて、目的を達して、その後は脱兎のごとく逃げるんだからね。さっきケアしきれなかったというのは、このことだよ。しっかりと監視していれば、ボートの入手も改造も、事前にわかっていただろう。ところが警察は、水上警察隊が実際に追ってみるまで、その事実を知らなかった。失点というほどのことではないけど、完璧ではなかった」

大迫はカラスガレイを取った。骨に注意しながら身をほぐす。彼は歯が丈夫らしく、多少の骨は気にせず噛み砕いているようだ。若いというのは素晴らしいことだと、改めて思う。

「違法改造は取り締まりの対象になる。重大犯罪ではないけれど、ここはひとつお灸を据えておこうと思った。だから船のメンテナンスを担当していたメンバーを連行して、とっちめてやろうとしたわけだ。ところがそいつの行方がしれない。児玉という、団体の中心メンバーだ。仕方がないから団体の事務局長に掛け合って、そいつの住居を開けさせた」

　彼が首をかしげた。ちょっと説明がわかりにくかったか。

「『守る会』はビルをひとつ、まるまる借り切っていた。そして一階を事務所、二階から上をメンバーの住居として使用していた。船を違法改造したと疑われている児玉も、そこに住んでいたんだ。合鍵は事務所で管理していたから、団体の事務所に掛け合うことで中に入れたわけだ」

「警察官は中に入った」彼は少しおもしろがるような表情で復唱した。「そこには何があったんですか？」

　大迫は短く答えた。

「死体」

　彼の動きが止まる。けれどそれも一瞬のことで、すぐにカラスガレイの身をほぐす作業を再開した。彼には今までにも何度か、殺人事件の話をしている。もう慣れっこになっているのかもしれない。大迫はそんな彼を見て、話を続けた。

「死んでいたのは、部屋の主である児玉ではなかった。隣の部屋に住む、やはりメンバーの遠藤という男だった。死因は頭をスパナで殴られたことによる、頭蓋骨骨折と脳内出血。スパナは部屋にあったもので、児玉愛用の品だった。付着していたのも児玉の指紋。当然疑われるのは児玉だ。児玉が見つからなかったのも、遠藤を殺害したことによる逃亡と考えれば、納得がいく。さっそく全国に重要参考人として指名手配した。そしたら一週間も経たずに北海道で発見された。事情聴取したところ、自分の犯行であると認めたよ。それで殺人容疑で逮捕した。これで一件落着」

「へえ」彼は無感動に言った。大迫を見る。「動機は何だったんですか？　組織内の内輪もめか、あるいは借金のトラブルか」

「いい質問だ」大迫はうれしくなった。彼は大迫の話がまだ終わっていないことを感じたのだろう。彼のグラスにビールを注いでやる。

「動機を語るには、被害者の遠藤という男について少し話をしなければならない。遠藤はもともと昆虫好きでね。純国産のカブトムシやクワガタを飼育するのが好きだった。ところが昆虫の世界では、輸入された昆虫が一大ブームだ。君も知っているだろう。それが逃げ出して問題になっている。国産の昆虫との生存競争が起きるのはもちろんだし、交配の問題もある。外来種が固有種と交配してしまい、雑種ができてしまうんだ。そうなると、固有種の純血性が失われてしまい、やはり生態系の破壊につながる。遠藤はそれを憂えていた。彼は愛する日本の昆虫を守るために『守る会』に入っていた」

大迫はそこで話を止め、彼を見た。彼は困ったような顔で笑っていた。

「動機はそれですか？　国産のカブトムシを愛していたはずの遠藤さんが、実は外国産のカブトムシに浮気していたとか」

さすがだ。大迫は彼の読みの鋭さに感嘆した。先を促す。

「おそらく遠藤さんは、自分が外国産のカブトムシを飼っていることを黙っていたでしょう。ところが児玉さんが、その事実を知ってしまった。児玉さんから見れば、遠藤さんは団体を裏切ったように見える。遠藤さんは理論武装していたでしょう。問題になるのは逃げ出した個体だ。自分のような飼育のプロが逃がすことはあり得ない。自分は団体の目的から逸脱した行動は取っていないと。けれどそんなご託など、児玉さんにはとうてい受け入れられない。児玉さんと遠藤さんが口論になり、かっとなった児玉さんがスパナをつかんで遠藤さんに殴りかかった。それが真相ですか」

「そのとおり」

大迫は彼の回答に満足した。このように頭の切れる男だからこそ、一緒に酒を飲みたくなるのだ。

「君の読みどおりだよ。遠藤の死体の傍で、外国産のカブトムシが発見されている。東南アジア産のアトラスカブトムシという種類で、なかなか立派な外観をしているらしい。捕獲されたときもまだまだ元気で、売れば結構な金になるのに、と鑑識が言っていた。遠藤の部屋も捜索したが、やはり外国産の昆虫がうようよしていたと報告を受けている。遠藤は団体の活動をしながら、事務所の真上で外国産の昆虫を飼育していたんだ。我々の感覚では殺されるような悪いことをしていたとは思えないが、連中にとっては違ったらしい。いわば粛清だな。過激派なんかではよくある。『固有種を守る会』も、結局はその類だったということだ」

大迫は話を一段落させた。カラスガレイもなくなったから、店員を呼んでビールの追加と干物の追加を注文することにした。ノドグロ、カマス、トビウオ。どれもうまそうだったが、そろそろ腹もふくれてきた。どれか一品でいいだろう。ここはトビウオだろうか。彼に確認すると、それでいいと言う。大迫はビールとトビウオを注文した。

追加が運ばれてきて、大迫は冷えたビールを彼に注いでやった。彼はビール瓶を受け取り、大迫に注ぎ返してくれる。彼は少しの間黙ってビールを飲んでいた。焼き網の上のトビウオがチリチリと音を立て始めた頃、彼は口を開いた。

「質問があるんですが」

「なんだい?」

彼はトビウオをひっくり返した。

「結局その団体はどうなったんですか?」

「解散状態だよ」大迫は答えた。「ボートの違法改造くらいでは組織は揺るがない。シージャック未遂も、一部の跳ね返りがやったことだということで逃げおおせた。けれど、身内で殺人が起きたとなると話は別だ。当局の取り締まりは格段に厳しくなる。もっとも、厳しくする必要もなかった。むしろ内部の統制の方が怪しくなってきた。というのも、事件のあったビルに住めるのは、団体の中でも中心人物だけなんだそうだ。『寮生』という呼び方をしていたようだが、彼らが団体を取り仕切っていた。遠藤もその一人だったんだ。ところが中心人物であるはずの遠藤が、よりによって総本山で外来種を育てていた。殺人事件よりもその事実の方が、組織にダメージを与えたようだ。会から脱退するメンバーが相次いで、今や開店休業の状態だよ。警察は一応追跡調査しているけれど、近いうちに危険リストから外れるだろう」

だから君にも話せたんだけどね――大迫はそう続けた。彼は大迫の回答を予想していたのだろうか。大迫が口を閉ざしたら、間をおかずに自ら口を開いた。

「もう少し、監視していた方がいいと思います」

トビウオは野性味のある味わいが魅力だ。ほどよく焼けたそれは確かに美味だったが、味わう大迫の方に集中力が欠けていたから、おいしさも半減していた。

「――どういうことだい？」

大迫は尋ねた。彼は『固有種を守る会』を、もう少し監視しろと言った。内部で殺人事件を起こし、組織は崩壊状態にあるのに。

彼は冷えたビールが食道を通り抜ける快感を味わっていたようだが、その冷たさが一段落すると、顔を上げた。

「お話を聞いていて、気になったことがあります」

彼はそう言った。大迫は彼の視線を受ける。「聞こうか」

「遠藤さんが外来種のカブトムシを飼っていた。それが児玉さんの知るところとなり、口論となった。かっとなった児玉さんが遠藤さんを殴り殺した——筋は通っています。逮捕された児玉さんも、そのような供述をしたのでしょう。それはそれでいいのです。ただ、気になることがひとつあります」

彼は一言ずつ、はっきりと言った。

「なぜ児玉さんの部屋にカブトムシがいたのでしょうか。しかも生きた状態で」

「……え？」

「だって、そうじゃありませんか。遠藤さんは自分の部屋で外来種を飼っていたんでしょう？ そこで飼っている以上、外来種が自然に放たれることはない。遠藤さんはそう考えていたはずです。それなのに、なぜ彼は自分の部屋から出して、児玉さんの部屋に持って行ったのか。不思議じゃありませんか？」

「………」

大迫はすぐに返事ができなかった。彼の指摘は、警察では全く顧みられることのなかったものだからだ。被害者も犯人も物証も動機も、すべて揃った事件だった。そして事件自体が、マークしていた団体を壊滅状態に追い込んだ。警察はそのことに満足していた。だから気づかなかったのだ。

けれど言われてみればそのとおりだ。遠藤が殺されたのは、自分の部屋でなく児玉の部屋だった。なぜそこにアトラスカブトムシがいたのか。

「可能性としては」大迫はようやく言った。「遠藤が見せに行ったというあたりかな。児玉を説得しようとして」

「その可能性はありますね」彼も首肯した。「仮に遠藤さんが、闇雲に外来種の輸入に反対するのではなくて、きちんとルールを守っていれば安全だと考えていたとすれば、その仮説は成立します。そして団体はルールでは制御しきれない輸入木材やバラスト水に注力する。遠藤さんは児玉さんにそう言ったのかもしれません。でも、それならば一匹だけ持って児玉さんの部屋に行ったりはしないと思うんです。むしろ、児玉さんを自分の部屋に連れてくる方が自然なのではないでしょうか。外来種の取り扱いは慎重にするべきだという前提での話ですから」

なるほど。彼の言うとおりだ。では、他の仮説はあるだろうか。

「遠藤が持ち込んだのでなければ、児玉だろうな。児玉の仕業かもしれない。たとえば、自分が遠藤を殺したのは、奴が裏切って外来種に手を染めたからだ。それをアピールするために、遠藤の部屋から一匹持ち出して、死体の脇に置いた」

「いい考えですね」彼は軽く微笑んだ。「それは私も考えました。でも、それならカブトムシは死んでいたと思うのです。だって、『守る会』は外来種が日本の自然に入り込むことを拒否する団体ですから。目の前にその危険を秘めた生物が存在する。遠藤さんの部屋から持ち出すほど冷静だったならば、当然殺すことも思いつくでしょう。さらに言うならば、大迫さんの話では、遠藤さんの部屋からは大量の外来昆虫が見つかったそうですね。うようよしていたと表現するくらいですから、生きていたのでしょう。児玉さんは、なぜ遠藤さんの部屋の昆虫を皆殺しにしなかったのでしょうか。近所のスーパーで殺虫剤を買ってきて、スプレーすれば済むことなのに」

大迫は返答に詰まった。彼の指摘に、反論の余地はなかった。

「わからないな」大迫は素直に頭を振った。「君はどう考えているんだ？」

彼はいったん口を閉ざした。アイデアを持っていないのではない。言うべきかどうか、迷っているような感じだった。再び口を開いたとき、彼の唇は微妙にゆがんでいた。不快感を含んだ唇。

「もう一つお尋ねしたいのですが、『守る会』の資金源について調べましたか？」

それは大迫の守備範囲だ。

「ああ。昔は環境保護に熱心な事業主などから資金を得ていたようだったが、今は手を引かれている。タンカーのシージャック未遂が響いたらしい。いくら『守る会』の直接的な行動に期待していた連中でも、事件を起こしたとなると話は別だ。自らの身を守るためにも、スポンサーを降りざるを得なかった。事件は新聞沙汰にもなったから、ちょっと環境問題に関心のある人間は、『守る会』に対する寄付をいやがる。だから今は、会員がアルバイトで稼いだ金で活動をしていたようだ」

「なるほど」彼はまた言った。ゆがんだ唇のままビールを飲む。

「そんな経済状態なのに、ビルをひとつまるまる借り切ったり、キャビン付きの大型ボートを買ったり、ずいぶん豊かですよね。その資金はどこから調達したのでしょう」

「痛いところを突かれたな」大迫は天井を見上げた。「正直なところ、わかっていない。逮捕した児玉は『昔スポンサーからいただいた資金が残っているから、それでつないでいる』と供述しているが、確認を取っていないんだ。どうせつぶれる団体だからと、調査が甘くなっていることは認めるよ」

大迫は視線を彼に戻した。

「君には、何か考えがあるのかい？　資金源について」

彼は唇を結んだ。二秒近くそのままだったが、やがて口を開いた。

「外来種を排除する団体。外来種が日本の自然に入ってこないようにすることで、日本の固有種の生存権を守り、かつ異種交配を防いで純血を守る。そのために外国の動物や植物を、日本に入れないよう活動していた。それはそれでいいでしょう。外来種の問題は世界的に注目されています。過激なのはいただけませんが、そんな団体があってもいい。ただ、私はそこで考えたんです」

彼はやや声量を落として続けた。「外来のものが動物や植物ではなく、人間だったとしたら、彼らはどう反応するだろうか、と」

大迫の肌が一瞬粟立つ。彼は今、何を言った?

「そ、それは」声が喉に引っかかる。「不法入国者ということか?」

彼はうなずいた。「先ほど大迫さんは、彼らは国内の人間を大切にしなかったと言ったでしょう。そこからの連想です。では彼らは外国の人間をどう扱ったのかな、と。外来の動植物と不法入国者はまるで違います。外国から来る不法入国者、つまり不法就労者は、ほとんどの場合日本人がやりたがらないきつい仕事を、低賃金でこなします。だから日本人の生活を脅かしません。そして――言いにくい話ですが――売春目的で連れてこられた女性は、避妊をきちんとするでしょう。妊娠してしまえば商売になりませんから。とすると、異種交配も関係なくなる。『守る会』にとって、不法入国者は排除の対象にならない」

「つまり、君が言いたいのは……」

大迫は胸が締め付けられるような感覚で次の言葉を待った。彼はその言葉を口にした。

「彼らは、外国人労働者が日本に密入国する手助けをして資金を得ていた。私はそう考えました」

個室に沈黙が落ちた。大迫も、彼もしゃべらない。二人ともビールにも干物にも手をつけずに、黙り込んでいた。

「馬鹿、な……」

そう言うのがやっとだった。なぜ彼は突然そんなことを言い出すのか。彼はゆっくりと右手を動かして、グラスをつかんだ。ビールを飲む。そして、まるで「思いのほか苦かった」というように唇を曲げた。

「そんなことを考えたきっかけは、貨物船の一件です。輸入木材を運んできた貨物船に、彼らは因縁をつけたそうですね。それを聞いてあれっと思いました」

その話をしたのは、大迫自身だ。けれど大迫は、自らの話がおかしいとは思っていなかった。

黙って先を促す。

「いくら何でも、ボートの上から拡声器で文句を言ったところで、貨物船が引き返すとは彼らも思っていないでしょう。それならば、彼らの行動はデモンストレーションでなければなりません。人目のあるところで、できればマスコミのいるところで行動を起こすことによって、世の中には外来種の問題があることや、それを解決すべく活動している自分たちがいることをアピールしなければ、意味はないのです。それなのに彼らときたら、夜中にこっそりと現れて、しかも照明の届かないところで船員と罵り合いをしていた。環境保護団体としては、あまりに低レベルです。だからこそ、私はそこに作為を感じました。夜中。暗がり。一見喧嘩している貨物船とボートの間には、取引がなされていたのではないかと。貨物船に乗っていたのは、木材だけではなかった。東南アジアの困窮した人たちが、日本で稼ごうと乗り込んでいた。彼らは『守る会』と契約して、安全に陸地まで運んでもらうことになっていた」

もう大迫には何も言えなかった。ただ黙って彼の話を聞いていた。

「水上警察隊が出動したとき、貨物船から縄ばしごが下りていて、そこから船員がボートに向かって罵っていたそうですね。その縄ばしごを伝って、不法入国者はボートに乗り移ったのではないでしょうか。ボートは大型で、しかもキャビン付きです。何人隠れられるかはわかりませんが、その役割を果たしていたといえるでしょう。そして違法改造したスピードで警察を振り切る。警察が敵視している団体です。彼ら自身にもその自覚があったのなら、警察に捕まらないよう、スピードが出る改造をしていたとしても、警察は納得するでしょう。けれど本当の理由は、不法入国者を安全に陸地に届けるための改造だった」

「………」

「まさか輸入木材を運んでいる貨物船と、それを阻止しにきた環境保護団体が裏で結託しているなどとは、誰も思わないでしょう。貨物船が北朝鮮船籍であることも幸いしました。不法入国者を乗せているならば、警察など呼ぶはずがない。それも『日本警察と関わり合いになりたくないから』と言ってしまえば、このご時世、日本人は全員納得します。警察は『守る会』がボートの違法改造や港湾に入り込んでがなり立てたことを責めるでしょうが、それに隠された真の目的までは見抜けない。今まで何回この手段が使われたのかはわかりません。でも、何十人かの不法入国者は、確実に日本の地を踏んだ」

彼はしゃべり疲れたようにビールを飲んだ。しかし話はまだ終わってはいなかった。

「彼らのロジックでは、密入国の手助けと外来種の防御は矛盾しません。けれど、間違いなく違法行為です。日常的に違法行為に手を染めていれば、いつしか心が荒(すさ)んでいきます。おそらく、その筆頭が遠藤さんだった。彼は今以上のビジネスを求めたのではないでしょうか。つまり、昆虫の密輸入。鑑識の人も、売れば結構な金になるのにと言っていたんでしょう？　木材とカブトムシは相性がいいことから、そんな発想をしたのかもしれません。本来の団体の目的から考えると、絶対にできないことです。けれど犯罪者となってしまった遠藤さんからは、倫理観が抜け落ちてしまっていた。独自に貨物船と話をつけ、昆虫を輸入した。そして飼育のめどが立ったところで、児玉さんに相談した。ほら、こんな感じだ、どんどん輸入すれば、大きな金になるぞ、と

「……」

大迫はここに至って、先ほどの彼の疑問に対する答えに、ようやく到達していた。

「死体の傍にいたカブトムシ。あれはサンプルだったのか……」

彼はうなずいた。

「そういうことです。おそらく児玉さんは、遠藤さんが隣室で輸入昆虫を飼育していたことを知らなかった。彼からサンプルを見せられて、はじめて遠藤さんの意図を知った。しかし児玉さんは遠藤さんに賛成しなかった。ゆがんだ形ではありましたが、彼なりのルールがあったのでしょう。人間はいい。日本に実害はないから。でも動植物はだめだ。それが児玉さんの言い分だった。けれど遠藤さんは児玉さんの考えを詭弁と嗤ったのでしょう。犯罪者が何をいいやがる、と。そして二人は口論となった。かっとなった児玉さんは、遠藤さんをスパナで殴った——」

大迫は息をついた。

「思わず人を殺してしまった児玉は、動揺して逃げ出した。だからサンプルの昆虫も、遠藤の部屋の昆虫も殺さなかった。いや、殺せなかったのか……」

彼は最後のトビウオを取り皿に取った。少し焼きすぎてしまったようだが、彼は気にせず食べた。

「そういうことです。児玉さんは逮捕されましたが、不法入国者のことはしゃべらなかった。しゃべった時点で、『守る会』は確実に終わるからです。殺人だけだったら、まだ再起の見込みがある。だから密入国の話だけ外して、輸入昆虫に関する責任を遠藤さんに押しつけたのでしょう」

彼の話は終わった。彼は最後に残ったビールを飲んでいた。大迫はその姿をぼんやりと眺めていたが、すぐに警察官モードに戻った。

「君の仮説が正しいとすれば、放ってはおけないな。組織ぐるみの犯行ならば、事務局長が怪しい。あいつが取り仕切っている可能性が高い。逃亡する前に身柄を確保しよう」

大迫は腰を浮かしかけた。そこに彼の声が飛んだ。

「今の話が正しければね」

大迫の動きが止まった。思わず彼の顔を見る。彼はビールを飲んでいた。

「私の仮説は、手持ちの情報から組み立てたものとしては、そこそこ説得力があると思います。でも、全く別の解釈もあり得るんです」

「別の解釈？」

「そう。私は今、不法入国者の密入国を手伝ったと言いました。でも、実際は逆かもしれませんよ。つまり、不法に日本に連れてこられて、強制労働をさせられている人たちを助け出して、故郷に帰しているのかもしれません」

「ええっ？」

大迫は耳を疑った。『固有種を守る会』完全壊滅に向けて、突っ走っていたやる気に急ブレーキがかけられた。

彼は酔いを感じさせない目つきで、大迫を見ている。

「そう考えてはいけませんか？　だって、彼らと貨物船の間には、暗がりで何かのやりとりがあっただろうとしかわかっていません。なぜ人が貨物船から下りたと断言できるのですか？　ボートから誰かが貨物船に乗り込んだと解釈して、何が悪いのですか？　彼らが警察にも言わずにこっそり活動していることにも理由がつきます。不法就労者には、おそらく暴力団か外国のマフィアがバックについているでしょう。彼らに尻尾を捕まれたら一巻の終わりです。だから慎重に慎重を期して、不法就労者を貨物船に渡さなければならなかった。そう考えるのは『あり』だと思いますが」

彼は言うべきことは言ったというふうに、口をつぐんだ。大迫はといえば、何も言い返すことができずに、固まっている。

「まあ、どちらが真実なのか、警察が調べればすぐにわかることでしょう」

彼はビールを飲み干した。グラスをテーブルに置く。

「彼らが大切にしていたのが、動植物だったのか、それとも人間だったのか」

地下のビール工場

大きいけど古い。その家の前に立ったとき、二人の警察官が抱いた感想は、そのようなものだった。

貿易会社の社長宅。警官たちの傍に、さらに二人立っている。一人は貿易会社に勤める四十代の女性社員。そしてもう一人はこの家を社長に売った、不動産会社の人間だ。

若い方の警官が呼び鈴を鳴らす。反応はない。三回繰り返したが、インターホンに応答はなかった。門に鍵はかかっていない。警官は門を開けて敷地内に入る。玄関のドアを開けようとするが、鍵がかかっていた。ここまでは社員の通報どおりだ。警官は不動産屋を見た。

「では、よろしいでしょうか」

不動産屋が合鍵を使って鍵を開ける。ドアを開けて、「すみませーん」と呼びかけるが、応答はない。中にも人の気配は感じられなかった。

「では、入ってよろしいですね？」

年長の警官が社員に話しかける。社員はうなずく。その顔には、不安が色濃く表れていた。

「もしやということがありますから」

四人は揃って玄関で靴を脱いだ。年長の警官が先頭に立ち、二人の民間人を挟んで最後尾に若い警官が付く。

「寝室は二階です」

一行は階段を上って二階へ向かう。二階には三部屋あったが、そのどこにも社長の姿はなかった。社員の証言どおり、一室は寝室だった。ベッドサイドのテーブルには、財布と携帯電話が置かれていただけで、社長はベッドに寝てはいなかった。

警官たちは一階に下り、リビング、バス、トイレなどを確認したが、やはり人影はない。リビングにある人の姿といえば、十人くらいの人間が写っている大きめの写真が額に入って飾られているだけだ。社員の話では、家の主が経営している会社の、慰安旅行の写真だという。社員旅行の写真をリビングに飾る社長というのも、珍しいかもしれない。

「やはり、出かけているんじゃないでしょうか」

若い警官が社員にそう言った。しかし社員は不服そうな顔をした。その口が反論を声に出す前に、年長の警官が言った。

「財布と携帯電話が置きっぱなしだ。外出したとすれば、自分の意志でない可能性が高い」

つまりは拉致ということだ。若い警官の顔が引き締まった。「署に戻って、報告する必要がありますね。事件性が高い」

警官たちは外に出ようとしたが、それを不動産屋が止めた。

「待ってください。まだ探していないところがあります」

警官が足を止める。「どこですか？」

不動産屋は足下を指さした。

「地下室です。この物件には大きな地下室があります。社長さんは、大きな地下室がある物件を探して、うちに来られたのです」

それを早く言えと思いながら、警官たちは不動産屋に案内させて、地下室に向かった。キッチンの隅に地下に続く階段がある。そこを下りると小さいドアが見えた。鍵は付いていない。年長の警官がドアを開けた。

その途端、もわっとした異臭が警官を包んだ。日本中を揺るがせた大事件以来、警官は異臭に敏感に反応する。このときも警官は全身に鳥肌を立てたが、それは味噌のような匂いであり、気分も別に悪くならないことから、少し安心して地下室に入った。中に入ると匂いは一層きつくなった。警官は、それが発酵臭であることに思い至った。

地下室には、照明が灯っていた。不動産屋が言うだけあって、確かに大きい。八畳間くらいはあるだろうか。もっと大きいかもしれない。しかし警官の目には、そこが広々としているようには見えなかった。なぜなら地下室は、白いポリタンクで埋め尽くされていたからだ。

なんだ？　これは。

ポリタンクは、灯油などを入れるのに使用する四角いものではなく、いかにもタンクといった、円柱状のものが多かった。他にも蓋のついたバケツや、大型の鍋がある。地下室にはそんな容器類が所狭しと置いてあった。警官はそれらの間を、視線を左右に動かしながら奥に進む。地下室の隅に社長はいた。

社長は、大鍋に頭を突っこむようにして死んでいた。

＊　＊　＊

警視庁の大迫警視が待ち合わせ場所に到着したとき、彼はすでにそこにいた。

新宿の大型書店。十一月も末になって寒さが増してきているが、彼はコートを着ていなかった。スーツ姿の背中はすっきりと伸びており、身体というより気持ちが緩んでいないことを感じさせる。大迫はその背中に声をかけた。

彼は振り返り、穏やかな微笑(ほほえ)みをこちらに向けてきた。「どうも」

彼はカメラ雑誌を手にしていた。スキューバダイビングと水中写真が趣味だった彼は、子供が生まれてからは海を封印している。それでもダイビングとカメラの最新情報は、常にチェックしているようだ。大迫はその雑誌を覗きこんだ。

「あれ？ デジタルカメラの雑誌じゃないか」

彼のようなキャリアの長い人間は、当然銀塩カメラを水中に持ち込んでいるのだと思っていた。大迫がそう言うと、彼はあっさりと首を振った。

「私はデジタルカメラを水中に持ち込んだパイオニアですよ。先輩たちには相当嫌がられましたけど」

「そうなんだ。——じゃあ、行こうか。何か、食べたいものはあるかい？」

「そうですね」彼はカメラ雑誌を書棚に戻さず、手に持って歩き出した。途中のレジで会計を済ませる。「鶏肉なんて、どうですか？」

「鶏肉？」

「ええ」彼は雑誌を鞄にしまった。「鶏の唐揚げでビールを飲むっていうシーンが、ふと頭に浮かんだんです」

鶏料理屋ならば、知っている店がある。あそこならば個室もあるから、落ち着いて話ができるだろう。大迫は携帯電話を取り出し、店に電話をかけた。いつも使っている個室が空いているとのことだったので、確保してもらった。

「ここからさほど遠くないよ。歩いていける」

夕刻の雑踏を五分ほど歩いて、店に到着した。顔馴染みの店主に声をかけ、奥の個室に案内してもらう。

「この店は、鶏づくしができる店だよ」熱いおしぼりで両手を拭きながら、大迫は言った。「いい鶏肉を仕入れているから、生のササミを使う鶏わさも、安心して食べられる」

彼の顔がほころぶ。「それは楽しみだ」

大迫は店員を呼んで、ビールの他に鶏わさと串焼きを何本か、それと野菜類を注文した。ビールがすぐにやってくる。

「どうだい？　最近は」

彼にビールを注いでやりながら、大迫は芸のない質問をした。

「あいかわらずです」彼も芸のない回答をする。「毎日忙しいですけど、まあ平和に暮らしています」

平和か。大迫はその言葉を、実感のこもった発言として聞いた。大迫が彼と知り合うきっかけになったハイジャック事件で、彼は凶器を持った犯人と対峙することを余儀なくされた。なかなか稚気のある犯人だったらしく、ハイジャック犯は座間味島のTシャツを着た彼のことを『座間味くん』と呼んでいたらしい。しかしいくら呼び名が牧歌的でも、ハイジャックはハイジャックだ。その過程で、彼も命をすり減らすような思いをしただろう。その体験に比べれば、仕事や育児に追われる今の生活は、平和を実感できるものに違いない。

「でも子供が幼稚園に通うようになったから、私も家内も少し楽になりました」彼はビールを飲んだ。「ダイビングはまだまだですが、少しは趣味に時間を割けそうです」

「趣味か」大迫もビールを飲む。寒くなる季節でも、やはりビールはうまい。「君なら、子供を連れてキャンプなんてのも好きそうだな。アウトドア料理とかが得意そうだ」

まるで根拠のない発想だったが、それほど的を外してもいないようだった。彼は照れたように笑った。

「まあ、好きですね。ダッチオーブンも持っています」

やっぱり。大迫は彼が河原で子供と一緒に料理をしている姿を想像した。あまりに似合っていたから、思わず笑ってしまう。

「でも、今やってみたいのはこれです」

彼はビールのグラスを軽く振ってみせた。その仕草の意味がよくわからない。大迫が首を傾げると、彼は説明してくれた。

「ビール造りです。最近、自家製ビール醸造キットが売られているでしょう？　あれをやってみたいんですよ。子供も少しはもののわかる年齢になりましたから、触るなと言えば触りませんし」

なるほど。酒好きの彼らしい発想だ。彼は几帳面だし、手先も器用そうだから、きっとおいしく造ることだろう。

「アルコール度数は一パーセント未満にしてくれよ。それを超えると酒税法違反で逮捕するぞ」

大迫が言うと、彼は悪事を企む表情を返した。

「完成した暁には、飲みにいらしてください。そしたら共犯です」

一緒になって笑った。笑いながら、大迫の記憶叢が刺激された。自家製ビール醸造キット。それが関わった事件を、自分は知っている。

「どうしました？」

我に返ると、彼が不思議そうな顔でこちらを見ていた。しまった。つい物思いにふけってしまったようだ。歳をとったせいか、最近こういうことが増えたような気がする。すぐに態勢を立て直す。

「自家製ビール醸造キットと聞いて、昔の事件を思い出したんだよ。君と再会する前に起きた事件なんだけどね」

彼の目が好奇心で輝いた。「聞きましょうか」

まるでタイミングを計ったかのように個室のドアが開き、鶏料理が運ばれてきた。


「数年前のことだ。警察に、女性の声で電話がかかってきた」大迫はそう切り出した。「密告の電話だ。渋谷区のとある貿易会社が、外為法に違反した貿易を企んでいるとね」

「がいためほうにいはん?」

彼が聞き返す。大迫はうなずいた。

「簡単に言えば、輸出に際して許可が必要な品物を、無断で輸出するということだ。日本国内では普通に流通しているものでも、海外に持って行かれると兵器に転用されたりするからね。経済産業省が規制リストを作成して、業者に注意を促している」

「どんなものがあるんですか?」

「たとえば一定以上の太さのアルミ管なんかは、核兵器の開発に使用できる。光通信ケーブルも規制対象だ。君の好きな水中カメラだって、ある程度の水深で使えるものは、輸出に許可が必要だ」

彼は鶏わさを口にした。ワサビが鼻にきたのか、目を閉じて顔をしかめた。「いろいろ面倒なんですね」

「まあね。でも仕方のないことだよ。技術は年々進歩するし、大量破壊兵器を製造する技術を持とうとする国はいくつもあるからね。立場上、具体的な国名までは言えないけど」

聞かなくてもだいたい想像はつきます、と彼は言った。「で、その貿易会社はご禁制の品を輸出しようとしたと」

彼がビールのグラスを空けた。大迫は店員を呼んで、ビールの追加を注文した。

「その会社は何を輸出しようとしていたんですか？　教えていただけるのなら」

ビールが届いてから、彼が話を再開した。大迫のグラスにビールを注いでくれる。大迫は、先ほどの彼のように、グラスを軽く振ってみせた。「これだよ」

「これ？」彼は聞き返したが、すぐにその仕草の意味を理解したようだ。

「なるほど。自家製ビール醸造キットですか」

ようやく話がつながった、という顔をする。けれど完全に納得はしていないようだ。

「でも自家製ビール醸造キットが、どうして規制の対象になるんですか？」質問口調だったが、本人にもだいたいの想像はついているようだった。

「どうしてだと思う？」

大迫が問い返すと、彼は困ったような顔をした。「まさか、生物兵器の製造に使われるからですか?」

「ご明察」

彼は小さく息をつく。「ビールの醸造は、いわば菌を育てる作業です。ビール酵母の代わりに毒素を出す菌を培養すれば、生物兵器製造の道具になりうる。そういうことですか」

「さすがに鋭いな。発酵槽――醸造タンクは、二十リットル以上のものが規制対象になっている。自家製ビール醸造キットは、そのくらいの醸造タンク付きのものが標準だ。二十リットルといえば小さいけれど、いくつも集めれば、国を相手にするだけの生物兵器を製造することは十分可能だからね。だから輸出には許可が必要なんだ」

彼は頭を振った。「そんなもの、他でも代用は利くでしょうに。自家製ビール造りのホームページをいろいろ見ましたけど、専用の醸造タンクでなくても、市販の四角いポリタンクとか、ホーローの鍋を使っている人は、たくさんいるみたいですよ」

「それはそうだ。だけど、どこかで線引きをしなければならない」大迫はそう答えた。

「それに専用の醸造タンクが最適なのは間違いない。うかつに扱えば死に至る生物兵器を、まさかホーローの鍋で造るわけにもいかないだろう。菌を容器内にきちんと閉じこめておくためには、やはり醸造タンクが必要だ。ともかく醸造タンクが規制対象になっているのは事実だから、それを国の許可なく輸出すれば、罪になる」

大迫は砂肝を串から歯で抜き取った。しっかりとした歯ごたえが心地よい。

「もちろん警察は、密告を鵜呑みにして簡単に押し入ったりしない。下手をすれば国家の安全を揺るがす事件に発展しかねないからね。慎重に内偵を進めた。このような違反をする会社は、だいたい三つのパターンに分類できる。まず、法律に無知なパターン。これがもっとも多い。扱った商品が無許可では輸出できないことを、知らずに売ってしまうんだ。敵もそれにつけ込んで、素朴な業者をだまして買い付けたりする――おっと、失言」

大迫のような立場の者は、うかつに「敵」などと口走ってはいけない。彼もそれを理解しているようで、軽く受け流してくれた。

「他のパターンは？」

「第二のパターンは、違反とわかっていながら、会社の業績を上げるためにやってしまうというものだ。これはなかなかタチが悪い。無知のパターンは、数名でやっている小さな会社がほとんどだ。けれどこちらの方は、世間に名を知られている大手企業でも、平気でやったりする。というより、大手の方が多い。社員に巨大組織の歯車という意識が強くて、自分の行為が社会的に見ていいことなのかどうかを顧みる発想がないんだ。中には製品の仕様書を改ざんして、規制に引っかからないよう能力を低く申告するなんて、悪質な例もある」

「もちろん許されないことでしょうけど」彼は鶏レバーを飲み込んだ。「会社員として、その気持ちはわからないでもないですね」

「本当にやらないでくれよ」大迫は半ば本気で言った。この男がその気になれば、絶対に警察に捕まらない手法を編み出しそうな気がする。

「残る三つめのパターンは、もう想像がついただろう。相手国と結託して、はっきりと兵器製造のために輸出するというものだ。輸出先の国に金で口説き落とされるケースもあるし、弱みを握られて仕方なくというケースもある。その国にシンパシーを抱いていたり、政治信条に共鳴したりすることもある。事情はいろいろだけど、偽装工作にもっとも熱心なのは、この三つめのパターンだ。もっとも危険なのもね。だから警察は、密告のあった貿易会社がどのパターンなのか、慎重に調べを進めていたんだよ」

「それで、どのパターンだったんですか？」

彼が尋ねた。しかし大迫は首を振る。

「おそらく最後のパターンだったと推測されている。けれど、結局本当のところはわからなかったんだよ。というのも、すべてを取り仕切っていた社長が、取り調べを受ける前に死んでしまったからだ」

彼のビールを持つ手が止まった。軽く目を見開く。しかしそれはごく短い時間のことで、すぐに元の表情に戻って、ビールを飲んだ。これまで幾度も大迫から殺人事件の話を聞いているから、慣れっこになっているのかもしれない。

「だいたいの顛末はこんな感じだ。密告の電話を受けてから、警視庁はくだんの貿易会社について内偵を開始した。その会社は、海外から雑貨を輸入して、国内の販売業者に卸す業務が中心だ。輸入相手や販売先から依頼を受けて、国内から輸出することも確かにあるが、その比重はあまり高くなかった。輸出した品目の中には許可が必要なものもあったけれど、きちんと許可を取っていた。貿易相手国も大量破壊兵器の製造が疑われるような相手ではなく、日本が安全だろうと考えている二十六カ国の範囲内だった」

彼は首を傾げた。

「それなら、至極真っ当な貿易会社ではありませんか。それなのに、どうして密告の内容は信じられたのでしょう」

「いい質問だ」大迫はビールを飲んだ。「その会社は、オーストラリアから自家製ビール醸造キットを輸入した実績があった。自家製ビールの醸造は、欧米やオーストラリアでは一般的な趣味だから、そういった国から多くのキットが輸入されている。それ自体は問題ではない。警察が着目したのは、その会社がある日、どこからも依頼を受けていないときに、突然キットを大量に輸入したことだ」

彼はまた首を傾げる。「自分たちで小売りしようと考えたんじゃないですか？　いまどき店舗を持たなくても、インターネット通販でいくらでも売れるでしょうに」

「もちろんその可能性は考えられた。けれど警察としては悪い方の可能性についても検討しなければならない。慎重に周辺を捜査したが、彼らがネット上も含めて店舗開設の準備をしていた形跡はなかった。彼らが小売りも考えていたならば、実際に品物が入ってくる前に、販売の準備をしておかなければならないはずだ。輸入だけして、さあ準備を始めましょうなんてことはないだろう。倉庫代だって馬鹿にならない。だからその会社は小売りではなく、キットをさらに別の国へと転売しようとしたのではないか。そう推察された」

「なるほど」彼は言ったが、それは納得したというよりは、話の先を促すような口調だった。

「それを疑わせる根拠はまだある。その貿易会社は、創業者の社長がすべての権限を握っている、ワンマン会社だ。その社長がキットの輸入を一人で決めたらしい。社長は社員たちに対して、キットの輸入についてこう説明した。これはビジネスではなくて、自分の趣味だとね。業務でもないのに君たちの手を煩わせて申し訳ないがと」

「趣味?」彼は怪訝な顔をしたが、すぐに自分が先ほどなにをやりたいと言ったか思い出したらしい。「――ああ、自家製ビール造りですか」

「そう。事実、その少し前からビール造りを始めていた。地下室付きの家を買って、その地下室でビールの醸造をやっていたそうだ。地下室は室温が安定しているから、醸造には最適らしい。

貿易会社が輸入したキットは個人が使用するには多すぎる量だったが、それについても社長は理由を用意していた。キットを大量に輸入したのは、自分で複数のタンクを使うのはもちろん、自家製ビール友の会を結成して、同好の士にキットを安く譲るつもりだった、というのが社長の言い分だった」

彼は困ったように笑う。「むちゃくちゃ嘘くさい話ですね」

「だろう？　ある日突然、ビール造りを始めた。そしていかにも趣味が昂じたように、それまで住んでいたまだ新しい邸宅を売り払って、地下室付きの古い家に移り住んだ。それらはすべてカムフラージュだと考えられた」

「確かに、わざとらしい話ですね。でも、社員の人たちはおかしいと思わなかったんでしょうか」

「ワンマンだって言っただろう？　社長の意向に逆らえる社員はいない。おかしいと思っても口には出せなかったようだ。ただ、ワンマンといっても、傲慢で社員が辟易していたということはなかったようだ。社長は天涯孤独の身らしく、社員をまるで自分の家族のように大切に扱っていたんだ。これは社員ばかりではなく、取引先の証言からも確かめられている。ワンマン経営だったのも、自分が家長なんだから、引っ張っていかなければならないという強い自覚があったからこそのようだ。後でわかったことだが、社長は社員全員で行った慰安旅行の写真を、自宅のリビングに飾っていたそうだ。社員をただの使用人と思っている人間は、そんなことはしない。彼にとってそれは、家族の写真を飾っているのと同じ感覚だったのだろう。そんな社長だったから、社員の人望も厚かった。少しくらいおかしいと思っても、社長のためならと作業したようだ」

　そこまで話して、テーブルの料理がなくなっていることに気がついた。大迫は店員を呼んで、鶏の唐揚げと、数点の料理を注文した。彼がまだ飲み足りなさそうだったからビールの追加も頼んで、話を再開した。

「いくら人望があっても、違法行為を許すわけにはいかない。経済産業省と協力してその貿易会社を監視して、無許可品を輸出しようとしたらすぐに摘発するよう、準備していた。また、そんなことが起きないように、当局からさりげないプレッシャーをその会社に与えた。とはいえ、そんなことで止(や)めるとは思えなかったけどね」

「どうして？」

　彼の質問に、大迫は一瞬ためらった。自分から始めた話なのに。

「どうして社長がカムフラージュを施してまで、規制品の無許可輸出をやろうとしたのか。さっきも言ったように、警察では第三のパターンだと考えた。なぜなら、彼には国を恨む理由があったからだ」

「恨む？」

「そうだ。過去に、その貿易会社の社員が、交通事故で亡くなっていた。帰宅途中に自動車にはねられたんだ。車を運転していたのは、国家公務員だった」

彼は反応しなかった。同じ公務員である大迫の立場を慮ってくれたのか、黙って先を促した。

「もちろん社員をはねた公務員は、逃走したりしなかった。国がそいつをかばって、うやむやにしたわけでもない。交通死亡事故として、国は誠実な対応をしたと思う。これは身内びいきなんかではなく、当時の記録を確認したうえでの、警察の公平な判断だ。事故自体は、通常のケースと同様に処理された。補償についてもね。だが事後対応がいくら誠実でも、亡くなった人間は帰ってこない。社長は社員を家族のように思っていた。家族を殺されて、相手を恨まない人間はいない。彼の場合、それは社員を殺した公務員個人ではなく、国家そのものに向けられていたようだ。社長はそれ以来、ことあるごとに国に対して批判的な言動を繰り返していたそうだ。できることなら仕返しをしてやりたいとね」

彼はうつむいてビールを飲んだ。そして空になったグラスを置いて、顔を上げた。

「すると社長は、大量破壊兵器を製造する国へ製造の道具を輸出することで、日本に対して復讐しようと考えていたのですか……」

「そういうことだ。だから警察は社長が本気だと考えて、いつビール醸造キットを輸出するか、監視を強めようとしていた。ところがその矢先、事件が起こった」

「社長が死んでしまったと」

彼が言い、大迫はうなずいた。

「所轄署に一一〇番通報があったんだ。通報したのは貿易会社の社員で、社長と連絡が取れなくなったから、捜してほしいと。この時点ではまだ内偵の段階だったから、所轄署には外為法違反の話はしていなかった。だから所轄署は特に身構えることなく話を聞いた」

ノックの音がして、大迫は話を中断した。店員が料理を持ってきて、すぐに下がる。彼が鶏の唐揚げを取り、口に入れた。かりっと小気味のいい音が響く。彼の「うまい」という声を聞いてから、大迫は話を再開した。

「その時期はちょうど、警察が市民の訴えを軽く見たために事件が起きた問題でバッシングを受けていた頃だったから、所轄署は愛想よく対応しようと、通報した貿易会社に出向いた。社員たちが言うには、出社するはずの社長が来ない。家にも携帯電話にも連絡を入れたけれど、出ない。家に行っても鍵がかかっていて応答がない。こんなことは今までなかった。元々血圧が高かったし、急病かもしれないから、一緒に中に入ってほしいとね。仕方がないから警察は社長に家を売った不動産会社に連絡を取り、社員と不動産屋の立ち会いの下、家の中に入った。そうしたら、社長が地下室で死んでいるのが見つかったんだ」

「社長は死んでいた」彼が鶏肉を飲み込んでから言った。「他殺だったんですか？」

大迫も鶏の唐揚げをつまんだ。「ああ。後頭部に打撲痕があった。凶器はビール瓶。瓶の破片が、そこら中に散らばっていた。社長は後頭部を殴られて、そのまま蓋を開けていた醸造タンクに頭を突っこむ形で死んでいたんだ」

「そういえば、地下室はビール醸造に最適だって言っていましたね。社長は自分が造ったビールに浸かって死んでいたのですか」

「そういうこと。カムフラージュだったのかもしれないが、趣味というのも間違いではないだろう。地下室には十数個の醸造タンクが大小取り混ぜ、所狭しと並べてあった。社長が頭を突っこんでいたのは、先ほど君も言っていた、大型のホーロー鍋だ。いろいろな形状のタンクで、いろいろなタイプのビールを造っていたようだ。なかなか研究熱心な人間だったらしい。これならば自家製ビール友の会を作ると言いだしても、周囲は不審に思わなかったろうというくらいにね」

彼は首を傾げた。「そんなにたくさん造って、飲みきれるんでしょうかね」

「大丈夫だろう」大迫は即答した。それは警察内部でも議論されていたからだ。「一晩にビール瓶で二本飲んだら、それだけで一リットル以上飲むことになる。二十リットルのタンクで仕込んだら、二十日と持たない。造ってすぐに飲まなければならないものでもないから、大量に仕込んでも、十分飲みきれると思うよ」

「それもそうか」彼は自分自身がそれだけ飲む姿を想像できたのか、あっさりと納得した。「それでどうなったんですか？　大迫さんが話してくれるということは、すでに解決済みの事件なんでしょう？」

「解決はしたよ」大迫はため息をついた。ビールを飲む。「ただし、警察の捜査によって犯人が逮捕されたわけじゃない。事件の翌日、犯人は自宅で首をくくって死んでいたんだ。驚いたことに、そいつは警察を社長宅へ連れて行った女性社員だった」

彼が唇を開いた。「へえ」と言ったようだったが、声にはならなかった。

「死体の傍には、本人直筆の遺書があった。遺書には、自分が密告者であること、そのことが前の晩に社長にばれて争いとなり、思わず殴ったら死んでしまったということが書かれてあった」

彼の目が疑り深く細められた。

「その内容は、真実だったんですか？」

「間違いないようだ。社員から慰安旅行で撮影したビデオテープを借りてきてね。そこに録音されていた女性社員の声と、密告電話の声を比べてみた。すると声紋が一致したんだ。だから彼女が密告者であるのは間違いない。またビール瓶の破片からは、彼女の指紋が検出された。それだけじゃない。社長宅のベッドルームやバスルームからは、彼女の毛髪が発見されている。他の社員も承知していたことらしいが、その女性社員は社長と恋愛関係にあったようだ。二人とも独身で、社長が五十代前半、女性社員は四十代半ばだ。釣り合いも取れている。早く結婚すればいいのにね、と社員たちは噂しあっていたそうだ。だから社長が女性社員を家に入れたのも不思議ではないし、趣味の地下室に入れたのも不自然ではない」

「なるほど」彼の目から疑いの光は消えたが、それでもまだ眉は顰められたままだった。「でも、その女性社員は、どうして密告なんてしたんでしょうね。愛する男性を窮地に落とすような真似を」

「愛しているからこそだろう」大迫は答える。「密告して当局が監視を強めれば、社長にもそれがわかる。それによって社長を思い留まらせようという意図があったようだ。遺書には、そのような意味のことが書かれてあった。けれど社長と一緒にいるときについ口を滑らせて、自分が密告したことがばれてしまったと」

「そうですか」彼は納得したのか、それ以上の追及はしてこなかった。

「残された社員たちは大変だったようだ。すべてを一人で決めていた社長が死んだだけではなく、社員が社長を殺したというスキャンダルが起きたのだからね。でも事件のおかげで——という言い方は正しくないだろうけど——貿易会社としての信用を落とす外為法違反は実行されなかったし、起きなかった犯罪行為だから、警察はそのことを公表しなかった。だから事件は会社にとって致命傷にはならなかった。残った社員たちが一丸となって奮起したおかげで、今も経営の安定した貿易会社として日々がんばっている。君に貿易会社の実名を言わなかったのは、その会社がまだ存続しているからだよ。——はい、事件終わり」

大迫は話を終えた。自家製ビールに興味があるという彼の話から、すっかり忘れていた事件のことを思い出した。警察がまったく活躍しなかった事件ではあるけれど、それは活躍が始まる前に、一方的に事件の方が終わってしまったからだ。しかも死んだ社長が警察の監視によって輸出をためらっていたとしたら、警察の極秘捜査は不正輸出という犯罪の防止に役立ったことになる。だからあの事件は、警察内部では少しだけ誇らしげに語られる種類のものだ。

彼は少しの間、黙って鶏の唐揚げを食べていた。ときおりビールを飲む。「大迫さんが紹介してくれただけあって、おいしい店ですね」とつぶやいて箸を置いた。明るい笑顔を見せる。「社長が造ったというビールですが」そう言った。「出来上がったビールや、作りかけのビールがたくさんあったでしょうね。社長の死後、それらはどうなったんですか？　まさか警察がみんな飲んでしまったとか」

「そんなわけはないだろう」大迫は答えた。彼の笑顔が作り笑顔に見えた気がしたが、こちらもだいぶん酔いが回っていることもあり、深く気にしなかった。「社長は天涯孤独の身だったから、遺産を相続する人間がいない。詳しくは聞いていないけれど、遺言状があって、遺産はすべて換金して会社に寄付するようにと書かれていたらしい。だから遺産は競売にかけられたはずだ。でも個人が造ったビールを売ることはできないから、結局全部捨てたんじゃないかな」

「捨てた」彼は笑顔を崩さず続けた。「どうやってですか？　ビール会社に処理を委託したとか？」

「それはないだろうな。私はそこまでタッチしていないから正確なことは知らない。でも、個人が造った得体の知れない液体を、ビール会社が受け入れるとも思えない。だから廃水処理業者に委託したか、あるいは大きな声では言えないけど、排水口に流してしまったのかもしれない。濾(こ)し布で酵母だけ濾し取って、水分は下水道に流して、酵母は焼却炉で燃やしたと私は睨んでいる」

「そうですね。そんなところでしょうね」

ここで彼は笑顔を収めた。しかしその後に現れたのは、今までに見たことのない深刻な顔だった。

「大迫さん」彼はビールのグラスに視線を落として言った。

「警察は、命拾いをしましたね」

鶏料理屋の個室は静寂が支配していた。ときおり彼が唐揚げをかじる音が響くだけだ。大迫は静止したまま、彼の食べる姿を見つめるだけだった。

「――どういうことだい？」

ようやく大迫は言った。目の前の青年は、箸を置いてビールをひと口飲んだ。唐揚げの油がビールで洗い流されてさっぱりした――そんなふうに息をつく。

「今のお話を聞いて、不思議に思ったことがあるんです」

「なんだい？」

聞き返しながらも、大迫は自分が緊張していることに気づいていた。彼は過去に何度も、警察が気づかなかった事件の重要な点について指摘してくれた。この事件についても、彼は何かをつかんだのだろうか。

大迫は自分の話を思い出してみる。警察の仕事に落ち度はなかったはずだ。そう思うが、彼がそんなことを言う以上、何かがあるのだ。

彼はグラスに視線を据えたまま口を開いた。

「自家製ビール醸造キット。それには二十リットルの醸造タンクが含まれています。それを輸出するには許可が必要。そんなものを、貿易会社が売る気もないのに大量に輸入した。これは再輸出するつもりに違いない――推察としては、不自然な点は何もありません。大迫さんは日本を危うくする団体を取り締まる仕事をしておられますから、そう考えるのは当然ですし、正しいと思います。経済産業省も同様です。貿易を統括する立場としては、そういった視点で見ていただかなければ、私たち国民が困ります。けれど、私は違った視点で考えてみました」

「違った、視点？」

「そうです。家族同様の社員を、国家に殺されたと考えている社長。日本という国に復讐するために、兵器を製造できる道具をこっそり輸出してやる。この考えも、多少極端ですが、理解できなくはありません。それでもここで不思議に思うのです」

彼は顔を上げて大迫を見た。

「では、どうして社長は、ビールの醸造タンクなんてものを選択したのでしょうか」

「え、えっと……」

大迫は戸惑った。そんなことは、今まで考えたこともなかった。

「そうだな。社長は日本にとって不利益になるものを輸出しようとした。しかし、しょせんはしがない貿易商だ。ミサイルや濃縮ウランなどを手に入れられるわけがない。自分の手の届く範囲で兵器に関連するものといえば、それくらいしかなかったんじゃないのかな」

「いい解答です」彼は素っ気なく言った。「質問の答えとしては、私も同じように答えるでしょう。ここで別の視点の登場です。視点を百八十度ひっくり返してください。つまり、醸造タンクを輸入する国の立場から見てください。彼らは、なぜ醸造タンクを輸入しようとしたんでしょう」

「そ、それは、生物兵器の製造に使おうとして……」

大迫は言ったが、彼がそんなことを聞いているわけではないことに気づいていた。しかし他に思いつかない。案の定、彼は首を振った。

「醸造タンクの使用法としてはそうでしょう。問題は、なぜそれをわざわざ日本から輸入しようとしたかが問題なんです。だって、社長は醸造キットを、オーストラリアから輸入したんでしょう? それならその国も、オーストラリアから輸入すればいいじゃありませんか。国交がなくて直輸入が難しければ、自国と国交のある第三国を経由して、三角貿易か四角貿易をすれば済むことです。わざわざ手数料が高くて規制の厳しい日本を間に挟む必要はない。オーストラリアから日本に運んだ時点で経費がかかっているのですから、いくら社長が売ろうとしたって、高ければ買いません。日本の独自技術で造られたハイテク機器だったら、いくら金を積んでも手に入れるでしょうが、たかがタンクひとつに余計な経費をかけるとも思えません。もっと安く簡単に買える方法があるんですから。そう考えると」

彼は大迫を見据えた。

「社長が醸造タンクの不正輸出を企てたという、前提自体が怪しくなってきますね」

「……」

大迫は何も言えなかった。彼の指摘は、警察が今まで考えもしなかったものだからだ。規制品を不自然に大量輸入している業者があり、その業者は国家を恨んでいた。その規制品を欲する国も、間違いなく存在する。つまり背景も小道具もすべて揃っていた。だからそれだけでストーリーが完成されてしまっていて、それ以上は考えなかったのだ。けれど考えてみれば、彼の言うとおりだ。規制品は存在する。供給はある。けれど需要が本当にあるかどうかは、まったく別問題だ。

けれど大迫も、いつまでも彼にやられっぱなしではない。反論を思いついた。

「社長が復讐のために輸出を企てたのなら、銭金抜きだったかもしれない。君が指摘した問題点は、価格が高くなることだ。社長が無償提供したのなら、じゃあ貰うよという国が出てくるんじゃないかな」

自分でもなかなか的を射た反論だと思ったが、彼はまったく動揺しなかった。

「それも考えたんですが、有償にせよ無償にせよ、国外に物品を送るにはインボイス――送り状が必要でしょう。中に何が入っているかを明らかにしなければなりません。虚偽記載をしたところで、かさばるタンクをいくつも送ろうとしたら、税関が怪しむでしょう。そんなリスクを取るくらいなら、オーストラリアから第三国へ直接送るよう、手はずを調えればいいことです。貿易のプロである社長が、それに気づかないとも思えません。そう考えると、社長が醸造タンクを日本に入れた時点で、それは輸出に使う目的ではないことがわかります」

「……」

大迫は再反論できなかった。彼の解説を疑う余地はないように思われた。彼は話を続ける。

「それでは社長は何のために自家製ビール醸造キットを大量に輸入したのか。言葉どおり、友の会を結成してメンバーに配るつもりだったのか。ちょっとそれは考えづらいですね。彼が突然自家製ビール造りに目覚め、引っ越しまでしたことは、やはり作為を感じさせます。では、本当の目的は何か」

大迫は下腹に嫌なものが溜まっていくのを感じていた。とても不吉なものが。自分は解答に行き着いているような気がした。でもそれを脳が知覚できない。

「もう一度確認しましょう」彼はゆっくりと言った。「醸造タンクが勝手に輸出されると、どうして困るんでしたっけ」

大迫の全身に鳥肌が立った。

「生物兵器の製造に、利用されるため……」

彼は生真面目な顔でうなずいた。

「社長は製造キットを輸出して外国に生物兵器を造らせようなどという、迂遠（うえん）なことは考えなかった。自らの手で、生物兵器を造ろうとした。どうしてそう考えてはいけないのですか？」

ふらりと視界が揺れた。軽いめまいが大迫を襲っていた。彼の発言は、それほど衝撃的だった。

「社長は家族同然に思っていた社員を殺され、国に復讐したかった。けれど大迫さんがおっしゃるとおり、しょせんはしがない貿易商だ。爆弾を造って霞が関を爆破することなどできない。武器になるものを密輸入しようとしても、リスクが高すぎる。日本が他国と比較して安全なのは、そういった武器の密輸入を水際で防いでいるからだと聞いたことがあります。貿易会社を経営していてそれをよく知っている社長には、その選択肢は採れなかった。そこで思いついたのです。過去に輸入した実績のある、自家製ビール醸造キットを使うことを。まず実際にビールを造ってみて、菌の増殖の感覚をつかむ。うまくできるようになったら、今度は手近な菌で毒素を出すものを培養してみる。たとえば腐った魚を入れて、ビールを醸造するように菌を増やしていく。その培養液を官庁の水道の蛇口や自動販売機のボタンなどに塗れば、お腹を壊す職員が出てもおかしくありませんよね。まあこれは一例です。調べれば、もっと凶悪な生物兵器を、一民間人が造ることも可能かもしれません。社長はそれをやろうとした。こっそり大量に造りたかったから、大きな地下室が必要だった――」

「………」

大迫の鳥肌はまだ収まっていない。彼が描いたテロの構図。それはこの国の治安を守っている大迫にとって、圧倒的なリアルさを伴ってイメージできるものだった。

「しかし、それが実行される前に、社長は殺された。君の仮説は、検証しようがない……」

そうなのだ。社長が彼の想像したようなことを企てていたかはわからない。でも現実には、社長はいかなる復讐も実行する前に死んでしまった。日本の安全は守られたのだ。そう考えると、身体から少し力が抜けた。

「そう。検証しようがない」彼は静かに言った。「だから、素晴らしいのです」

「えっ?」

思わず彼の顔を見る。今、彼はなんと言った?

「素晴らしいって、なにが?」

彼は引き締まった顔をしていた。先ほどまでの深刻な顔とは少し違う。あえていうならば誰かに敬意を表しているような、そんな表情だった。

「密告者の判断。それが素晴らしいとは思いませんか?」

よくわからない科白(せりふ)だった。大迫は素直にそう言い、説明を求めた。彼はうなずく。

「そもそも、どうして警察は社長に注目したのでしょうか。密告の電話からですよね。密告したのは社長の恋人でもある社員。彼女はなぜ警察に不正輸出を密告したのか。社長の意思を知らずに、大量のキットから想像を働かせて、輸出すると思い込んだのでしょうか。その可能性もありますが、彼女も貿易会社の社員です。その仮説には無理があることにも気づいた可能性の方が高い。輸出はあり得ないと知っていながら輸出を密告した。ここに彼女の素晴らしさがあります」

「……」

「彼女は恋人として、地下室にも入れた。そこで彼女は気づいたのではないでしょうか。そこが単純にビールを造るだけの場所ではないことに。社長のパソコンでインターネットの検索履歴を見たのかもしれませんし、書斎で専門書を発見したのかもしれません。あるいは私と同じルートを通って、思考だけで生物兵器の自作にたどり着いたのかもしれません。彼女はそれを止めさせたかった。しかし社長の決心は固い。長い間ワンマン経営をやってきた人間です。決心は自分一人でできますし、しかも早い。いったん決めてしまうと、他人の意見を聞かない。それがワンマン社長です。恋人としてだけでなく部下として長くつき合ってきた彼女は、それをよく知っていた。自分の力では止められない。仕方なく、彼女は警察の力を借りることにした。でも、本当のことは言えない。——大迫さん。ポリタンクを無許可輸出するのと、国家に対するテロを行うのでは、どちらの罪が重いですか？」

考えるまでもなかった。大迫は答える。

「……テロの方だ」

「そうでしょう？」彼は小さく微笑む。「だから彼女は、ありもしない不正輸出を密告したんです。そうすることによって、警察は空のタンクが輸出されることばかり考えて、日本国内でタンクをきな臭い目的のために使おうとしているとは考えない。仮に彼女が『社長が生物兵器を製造しようとしている』という密告をしていたら、いったいどうなっていたでしょうか。警察はのんびりと構えてはいなかったでしょう。捜査は徹底して行われ、テロの証拠をあっさりつかんでいたかもしれません。そうしたら社長は、テロ未遂という重罪で逮捕されてしまいます。彼女はそれを避けるために、不正輸出なんて話をでっち上げたのです。しかもミサイルのような剣呑なものではなく、たかがビール醸造キットです。慎重に内偵といっても、ほのぼのとしたものだったでしょう。捕まったところで、社長は不正輸出など企んではいなかったわけですから、裁判で無罪になります。万が一有罪になっても、たいした刑罰はないでしょう。嘘の密告をするだけで、彼女は愛する男性を守れるのです」

彼は熱のこもった口調で語り続けた。その言葉には、隠しようのない感嘆があった。彼は会ったこともない殺人犯に対して、感動しているのだ。

「狙いはあたりました。警察は彼女の思惑どおりの捜査を行い、思惑どおりの結論を出した。不正輸出しないように監視しようと。監視すると同時に、思い留まらせるために、当局からさりげないプレッシャーもかけた。彼女の望みどおりです。社長も官憲からマークされていると自覚すれば、テロ計画を中止するでしょう。リスクが高すぎるから。それこそが、彼女の最終的な目的だった。それはほとんどうまくいっていたのです」

彼はここで視線を落とした。

「ところが、彼女の計算が狂った。社長が、彼女が内緒で動いたことを知ってしまった。遺書に書いてあったように、口を滑らせたのかもしれません。原因はともかく、社長はもっとも信頼していた女性に裏切られたと思った。そこで争いになった。思わず彼女は手近にあったビール瓶で社長を殴ってしまい、社長は死亡した。激しく動揺したでしょうが、それでもなけなしの理性を総動員して事後の対策を考えた。このまま自分の犯行が発覚した場合、社長のテロ計画は露見するかどうか。しない、と彼女は判断した。当局のプレッシャーから、警察はテロではなく不正輸出のことしか考えていないことがわかっていたから。それならと警察に通報して、愛する人の遺体を早く発見してもらい、自分は自分の身を処した。彼女の望みどおり社長はテロリストとしてではなく、『不正輸出を計画していたかもしれない』人間に留まり、彼は綺麗な身のまま埋葬された」

彼は顔を上げた。大迫をまっすぐに見た。

「彼女は『不正輸出』のひと言だけで、テロというとんでもない事実を隠して、恋人をかばったのです。これを素晴らしいと言わずして、なんと言いますか?」

彼は言うべきことは言ったとばかりに、ビールを飲んだ。グラスが空いたから、大迫は機械的にビールを注いでやった。

「私たちはまったく気づかなかったが、彼女のおかげで日本はテロから守られたのかもしれない。

君の言うとおり、警察は命拾いしたようだ」

自分と彼は同じ思いを共有している。そのつもりで発した言葉だったが、彼はきょとんとした顔をした。グラスを口に持っていこうとした手が止まる。「――え？」

「どうした？」

彼は複雑な表情をした。困っているようにも見える。この場をどう取り繕おうか、と。

「えっと」彼は少し沈黙してからそう言った。「警察の人は、社長のビールを捨てたんですよね。下水道に流したか、業者に委託したかは別として」

「ああ、そうだな」

彼は困った表情を大きくした。

「つまりそれは、社長が醸造タンクで生物兵器を造ろうとしたなんて、微塵も考えなかったからこそですよね。もし少しでもその可能性が頭にあったら、そんな呑気なことはしていられません。家全体を封鎖して、自衛隊の専門家が処理しに来るでしょう。でもそれは行われなかった。タンクの中身は、ただ捨てられただけだった。大迫さん。仮に、仮にですよ。仮に社長がたくさんあるタンクのうち、ひとつででも生物兵器の試作をしていたとしたら、どうなったでしょう。警察は自らの手で、生物兵器をばらまくことになったんですよ」

いきなり周囲の温度が下がった気がした。自分の顔面が蒼白になったのがわかる。彼は今、なんて言った？　警察は自らの手で、生物兵器をばらまくことになったって？

もしそんなことが起きたら、いったいどうなっていただろう。日本中がパニックになる。警察上層部の一人や二人の首をはねたところで、それで収まるものではない。警察史上最大の汚点となる。自分たち警察は、そのことに気づかずに、のほほんとあの事件のことを振り返っていたのか。犯罪を未然に防いだ、誇らしい実績だと。大迫は彼の深刻な顔を思い返す。彼は、警察自身が生物兵器をばらまくことを想像したのだ。背筋が寒くなるような、おぞましい光景。彼は今まで、どんな気持ちで大迫の話を聞いていたのだろう。

「でも、社長はまだそこまでには至っていなかったようです」彼はため息混じりに言った。「だから警察が地下室にあるものを捨てても全然問題はなかった」

彼は大迫を見て、もう一度言った。

「大迫さん。警察は命拾いをしましたね」

沖縄心中

事件に米軍が絡むときは、機械になりきれ——。

上司に言われた言葉を、警官は改めて思い出した。もちろんすべての事件において、警察官は私情を捨てなければならない。それは当然のことなのだが、やはり沖縄県警に勤務する以上、米軍の存在は特別なものなのだ。

だからこそ、ただ私情を捨てるというだけでなく、関係者に対してもまるで機械のように接しなければならない。警官自身は今まで、米兵が関与した事件に関わったことがなかった。だから通報を受けて急行した今回、改めて上司の言葉を思い起こして、身体を緊張させた。

「こちらです」

顔面を蒼白にした学生の案内で、警官はアパートのドアを開いた。

前もって情報を得ていたにもかかわらず、警官は息を呑んだ。

シングルベッドには、二人の人間が横たわっていた。一人は女性、もう一人は男性。二人とも裸だ。女性は三十前後だろうか。男性の方は、若く見えるが正確な年齢の見当がつかない。なぜなら、男性は白人だったからだ。

二人は手を握りあっていた。そして枕元には薬の瓶と泡盛、そして手紙が二通。

——心中だな。

警官は現場を見て、そう直感した。

＊　＊　＊

警視庁の大迫警視が待ち合わせ場所に到着したとき、彼はすでにそこにいた。

新宿の大型書店。彼は雑誌売り場で、ダイビング雑誌の背表紙を見ていた。スーツの背中がすっきりと伸びている。そのシルエットを見るかぎり、「最近太っちゃって」という彼の言葉が信じられない。

彼は大迫の気配に気づいて、こちらを向いた。軽く会釈してくる。

「どうも」

「お待たせ。じゃあ、行こうか」

「ええ」彼はダイビング雑誌を手に取ることなく、書棚を離れた。見ると、既に会計を済ませた本を手に持っている。書店のカバーが掛けられているから、題名はわからない。書店での買い物は済んだということなのだろう。

彼は書店を出たところで、買った本を鞄にしまった。「今日はどこに行きますか?」

大迫と彼の関係を言葉にすると、現在は飲み友達というのが最も正確だろう。そう頻繁ではないけれど、だいたい季節に一回くらいは、大迫が彼を誘って飲みに行っている。大迫が誘うというのは、会社員の彼は比較的勤務時間が決まっているのに対し、大迫は事件任せで、いつ暇なのかが読めないからだ。ここ最近大事件もなく、早めに帰れそうだったから、今夜はおよそ三カ月ぶりに彼を誘ったというわけだ。

大迫は小さく首を振る。

「特に考えてないけど、何か食べたいものはあるかい?」

「そうですね」彼は宙を睨み、考える仕草をした。「炉端焼きなんてどうですか?」

「炉端焼き?」意外な科白に、大迫はちょっと驚いた。「北海道の居酒屋にあるような?」

「そうです」彼は少しだけ複雑な表情をした。「心当たりはありますか?」

大迫はうなずく。「あるよ。北海道警も認める優良店が近くにある」

大迫は携帯電話を取り出し、その店に電話をかけた。警察官にとって飲食店の情報は大切だ。だから大迫の携帯電話には、百店以上の飲食店の電話番号が、ジャンル別に登録されていた。人に聞かれたくない話をするときのために、大迫が押さえている店は、ほとんどが個室を持っている。今夜も個室が空いていることを確認して確保してもらい、彼をその店に連れて行った。

「炉端焼きといえば、カウンターで目の前で焼いた料理が出てくるイメージですけど」彼は個室でおしぼりを使いながら言った。「こんな個室の店もあるんですね」

「風情はないかもしれないが、需要があるんだろうね」

大迫はビールと何品かの料理を注文して、そう答えた。まずビールが届き、二人は軽くグラスを触れあわせた。

「珍しいね。君が北海道の店なんて」

ビールをひと口飲んで、大迫はそう切り出した。彼はスキューバダイビングが趣味で、暇さえあれば沖縄に通っていた人間だ。そんな沖縄好きの彼が北海道の料理を所望したものだから、大迫が意外に思うのも無理からぬことだった。もちろん沖縄好きの人間が、北海道を嫌わなければならない理由などどこにもない。それでも大迫は、炉端焼きと口にするときに彼が複雑な表情をしたことが気になっていた。

「ああ」彼は自嘲気味に笑って、鞄を手に取った。書店で購入した本を取り出す。

「さっき、こんな本を買いまして」

大迫に手渡す。受け取って中表紙を見ると、それは本土から沖縄へ移住した家族の体験記だった。

大迫はあらためて彼の顔を見る。「沖縄に移住したい？」

「以前は、そうだったんですけど」

彼は頬を指先で掻いた。「昔、本気で移住したいと思っていた時期があったんですよ。今の会社を辞めて、沖縄で働けないかということばかり考えていました」

彼が少年のような表情を見せる。大迫が彼のそんな顔を見るのははじめてだった。

「でも、結局は移住しなかった」

「そうです。その頃は日本中が景気のよくない時期で、本当に沖縄に仕事がなかったんですよ。そうこうしているうちに、私のような人間にとって、沖縄は通うべき場所であって、住む場所ではないことに気づきましてね。だから、このままです」

その言葉を聞いて、大迫は彼が炉端焼きの店を指名した理由がわかった気がした。彼はかつて、沖縄移住を考えていた。けれどそれは断念した。ひょっとしたら現在は奥さんである、当時の彼女の存在が影響していたのかもしれないし、会社の仕事が面白かったからかもしれない。

それでも彼の奥深くには、沖縄への未練があるのだろう。だから自身の願望を投影するために移住者の本を買うし、逆にどうせ沖縄には住めないのだという気持ちから、沖縄から最も遠い北海道料理の店を指名する。そんな彼の心の動きはよくわかるけれど、いつも冷静で正しい反応を示す彼が人間らしい態度を取ってくれて、大迫は少し嬉しかった。

と同時に、彼に対する疑問が湧きあがってきた。今までも心の中で感じていた疑問。そのことを口にするべきか、大迫は迷った。だが結局彼との親しさに負けて、尋ねてみることにした。

「君は、沖縄が嫌いにならなかったんだね。沖縄でハイジャック事件に巻き込まれて、命の危険にさらされたというのに」

彼はビールを飲む手を止めて、大迫を見た。目がまん丸になっている。

「嫌いになったりしませんよ。だってハイジャックは、沖縄のせいじゃないでしょう?」

「それはそうだけどね。それでも事件に遭遇した地には、再び足を運びたくないものだ。今まで事件を通じて関わってきた人たちは、例外なくそういう反応をした」

「それはわかります」彼はビールを飲み干した。大迫はビール瓶を取り、彼に注ぎ足してやる。「家内の親は、未だに私たちが沖縄に行くことを嫌がります。あんな目に遭ったのに、また行くのかとね。でも好きなものは好きですから」

とはいえ、子供が生まれてからは、ずっと行けていませんけどね——彼はそう続けた。

大迫はあらためて彼の顔を見た。彼は大迫が過去に関わったハイジャック事件の関係者であり、それゆえ通常ならば現役の警察官である大迫が、プライベートなつき合いをする相手ではない。それでもこうやって飲みに誘ってしまうのは、あれほど危険な目に遭いながら、彼を助けてあげられなかった警察官に対して「沖縄が好きだ」と言ってのける強さに惹かれているからだ。いや、強さというよりは距離感、精神的な歩幅の広さとでもいうべきものが、彼の場合は超越しているのだ。だから、他人に見えなかったものを見抜くことができる。大迫は彼のそんなところが好きだった。

「そう言ってくれると、沖縄の人は喜ぶよ。特に、沖縄県警の人間はね」

大迫はビールを飲んだ。共にハイジャック事件に応対した牧田(まきた)警視を思い出す。空港警備の責任者として、誰よりも彼に対して申し訳ない気持ちを持っていたのが、牧田だった。彼の言葉を、牧田に聞かせてあげたい。そんなことを考えた。

そういえば牧田のことを思い出すなど、ここしばらくなかったことだ。彼の言葉が引き金となって、過去の記憶が甦ったのだろう。

牧田の顔がさらに引き金となって、大迫は過去の事件をひとつ思い出した。直接関わってはいない。それでも妙に印象に残る事件だった。大迫はふと思った。彼は沖縄好きだ。そんな彼があの事件の話を聞いたら、どんなふうに思うのだろう。

「君は憶えてないかな。事情聴取をしたときに、背の高い男性が同席していたのを」

大迫はそんなことを言った。

「男性ですか」彼は腕組みをする。「土左衛門の一歩手前のような、青白い顔をした人がいましたね。その人のことですか?」

「違う。それは県警本部長だ。もう一人いただろう?」

「えっと」彼は天井を睨んだ。すぐにその目が大きく開かれた。

「――ああ。眉毛の濃い人ですね」

「そう。その人だ。沖縄県警の牧田警視というんだけど、彼から沖縄で起きた事件の話を聞いたことがあるんだよ」

「事件、ですか」彼の目が光った。彼には以前にも、解決済みの事件をいくつか話したことがある。彼もそんな話を聞くのは嫌いではないようだ。今夜も少し身を乗り出してきた。「どんな事件ですか?」

　個室のドアがノックされ、料理が運ばれてきた。見事なホッケと、串に刺さったホタテだ。醤油がところどころ焦げていて、見るからにうまそうだった。それでは、と彼はホタテをかじる。しばらく二人でほどよく焼けた魚介類を味わった。

　ホタテをすっかり食べてしまうと、大迫は再び口を開いた。

「米軍基地がらみの事件だ。基地のある街は、どうしても米兵による事件が多くなる。荒くれ者たちによる暴行事件とか、地元の犯罪組織と結託した違法品の密売とか。それはそうなんだけど、その事件はちょっと様子が違っていた」

「というと?」

「心中事件なんだよ。米軍の男性と日本人女性が一緒に毒を飲んだ。そんな事件だった」

彼はまるで自分のビールに毒が入っているかのように手を止めたが、すぐにグラスを干した。

「心中ですか。米軍基地のあるところでは、米兵と日本人女性の結婚が少なくないと聞きますが、心中ともなると、やっぱり珍しいんですか?」

「珍しいらしい。少なくとも、私は他に事例を知らない。でもこの事件が珍しいのは、心中だからというだけじゃない。彼らが心中に追い込まれた経緯にあったんだ」

彼はホッケの身を崩す手を止めて、大迫を見た。「経緯というからには、心中だけが事件じゃないということですか。その前に事件が別にあったと」

「そういうこと。発端からいこう。数年前のある日、警察に通報があった。大学の先生が来ないから、学生が様子を見に行ったら、アパートで死んでいたと。警官が急行すると、はたして人が死んでいた。ただし一人じゃなかった」

「男女だったと」

「ああ。女性の方が、通報で言及された大学の先生だ。増島宏美（ますしまひろみ）といって、当時沖縄薬科大学の助手を務めていた。そして男性の方がアメリカ兵だった。嘉手納飛行場の広報局に勤務している、ロバート・リードという軍人だ。警官が到着したときには、既に二人とも死亡していた。検死の結果、前の晩、深夜一時頃に死亡したと思われる」

彼はやや伏し目がちでビールを飲んだ。

「心中というくらいだから、二人は恋仲だったんでしょうね」

恋仲という古めかしい言い方が彼に妙に似合っていて、思わず頬が緩む。けれど大迫は笑いを顔に出すことなく、話を続けた。

「そうらしい。この二人の出会いというのが、ちょっと変わっていてね。いわば職場恋愛なんだよ」

彼は首を傾げた。「職場恋愛？　女性の方は大学の助手だと言ってませんでしたっけ」

「そうだよ。ただ、増島は他にアルバイトをしていたんだ」

「アルバイトっていうと、米兵相手の飲み屋で働いていたとか？」

彼にしては類型的な発想だ。まあ、最も真実である可能性が高いから、類型なんだけど。大迫は手を振った。

「そうじゃない。増島は、アルバイトで通訳をやっていたんだ。大学院時代にアメリカ留学を経験していたから、不自由なく英語が話せた。それでときどき、米軍の通訳として雇われたらしい」

彼は再び首を傾げた。「専属の通訳でなくて、大学助手をアルバイトで雇うんですか。経費節減のためですか？」

「そういうわけではなくて、通訳というのがそれほど頻繁に必要なものではないからだよ。司令官クラスにはプロの通訳が付くんだろうけど、スタッフがときどき日本人と面談するくらいなら、パートタイムで済ませることも多いそうなんだ。人選は、日本政府がやった」

「日本政府、ですか」

彼が眉を顰めた。基地問題における日本政府の役割は、どう考えたって悪役だ。在日米軍基地の七十五パーセントを、面積で一パーセントに満たない沖縄県に押しつけて平然としている。しかも基地の県内移転計画を持ち出すことにより、さらなる負担を沖縄に強いようとしている。彼もそのことを知っているからこその表情なのだろう。しかし大迫は警察官だ。たとえ彼相手であっても、批判めいたことを口にするわけにはいかない。

「米軍の通訳は、人選がなかなか厄介でね。英語が話せるのはもちろんだけど、政治的、思想的に中立でなければならない。沖縄の人たちは米軍に対して単純ならざる気持ちを抱いているから、通訳する際、言葉にそれが混じることがある。それではまずいんだ。だから本土の人間がいいんだが、さっきの移住の話じゃないけど沖縄への愛が昂じて移住した場合だと、地元の人間以上に反米軍基地の思想に染まっていたりする。それもまずい。だから単純に就職先として沖縄に来た、英語の話せる本土の人間が適当だ」

彼は苦笑した。

「ずいぶんハードルが高いですね。それほど気にしなければならないものなんですか」

大迫も苦笑する。「ちょっと気を遣いすぎだと思うけど、考え方は間違っていない。通訳というのは世間が思っている以上に重要でね。彼らの言葉ひとつで、起こさなくていい騒動が起きたりする。ともかく政府はそんな人材を捜して、増島を見つけだした。増島はアメリカで博士号を取ったけれど、日本ではなかなか就職先が見つからなかった。唯一雇ってくれたのが、沖縄薬科大学だったらしい。だから思想的には中立で、しかも留学経験があるからアメリカに対しても親しみを持っている。ぴったりの人材だったわけだ。増島も誘いを受けて、広報局が必要とするときだけ出向いて、通訳をしていたそうだ」

「なるほど」彼は納得顔でビールを飲んだ。「そこでリードさんと知り合ったと。そういわれてみると、確かに職場恋愛ですね」

「そうなんだ。リードは広報局に配属されているくらいだから、兵士というよりは、軍官僚に近い。士官学校を出た、幹部候補生だ。だから増島と知性レベルが合ったんだろうな。幾度か仕事で一緒にいるうちに、プライベートでも会うようになったらしい。休日に二人で、北谷(ちゃたん)のテニスコートにいる姿が幾度も目撃されている」

「微笑ましい話ですね」彼はホッケを嚙みながら言った。「お話だけ聞いていると、とても心中をしそうな感じはしませんが」

「これだけならね」

ビールと料理がなくなり、大迫は店員を呼んで追加を注文した。

「君も知っているとおり、昔と違って現在の在日米軍は、地元民とトラブルを起こさないよう常に気を遣っている。過去に、米兵による事件が大きなうねりを起こした沖縄では、特にね。米兵が事件を起こせば謝罪もするし、事件の容疑者も、以前よりは引き渡してくれるようになった。その際、自治体や被害者に対する窓口となるのが広報局だ。ときには基地の国外退去を求める団体とも会ったりしなければならない。リードは直接交渉するほどの地位ではなかったけれど、スタッフとして帯同していた。だから沖縄で米軍基地がどのように捉えられていて、自分たちがどのように振る舞えば共存できるかを、常に考えていたそうだ。将来的には整理縮小、あるいは移転もあり得るだろうけれど、当分の間は沖縄に存在し続けるわけだから」

「真面目な人だったんですね」

彼がぽつりと言い、大迫はうなずく。

「そうらしいな。しかしその真面目さが仇(あだ)になったようだ。きっかけはテニスだ。リードも増島もテニスが好きで、よくテニスコートに通っていた。そこでやはりテニスコートに通う日本人と仲良くなったそうだ。ところがその日本人が、反戦団体の人間だったんだ。リードは団体の人間と交流をはじめた。休日を使って、彼らの会合に出席したりもしたようだ。もちろん恋人の増島もいっしょだ」

彼がほお、という顔をする。

「その団体が、過激な活動をしていたんですか？　大迫さんが扱っているような」

大迫はハイジャックのような凶悪事件の他に、日本の治安を脅かす危険な団体を専門に扱っている。以前にも彼に対して、そんな集団が起こした事件の話をしたことがあった。だから話の流れから、彼がそのように考えたとしても不思議はない。けれど大迫は首を振った。

「そういうわけでもなかったようだ。活動内容からすると、反戦団体というより、勉強会の方が近いだろうな。正確には『九条を沖縄憲法にする会』といって、沖縄にある大学の職員や学生が集まって、沖縄を基地のない平和な島にする方法を研究するという組織だ。牧田警視がその勉強会を調べたけれど、取り立てて危険な活動をしているわけではなかった」

「九条を沖縄憲法にする会、ですか」

彼は空になったグラスをテーブルに置いた。「沖縄憲法という言葉に、沖縄を日本から独立させるという響きがありますね。なんか過激そうですけど」

「そういうニュアンスはあったようだね。でもクーデターを起こそうとか、そういう団体ではなかったようだ。どうやったら平和的に米軍基地を沖縄から撤去させられるか、その方法論を考えるのが会の目的だった。かなり真っ当な研究もあったようだし、一方で飲み会でのバカ話の域を出ないようなアイデアもあったらしいけれど、概ね平和な団体だった」

「そのバカ話の方を聞きたいですね」

「そうだね」大迫は記憶をたぐる。

「最もばかばかしかったのは、フェンス作戦かな。ほら、米軍基地はフェンスに囲まれていて、日本人が中に入れないようになっているだろう？　彼らのアイデアは、フェンスの外周に、さらにフェンスを設置するというものだ。そして米兵が基地から出られないようにする。そうしたら嫌気が差して、沖縄から出て行くだろうと」

「そりゃくだらない」

彼は嬉しそうに言った。ビールと料理の追加がやってきて、彼は大迫のグラスにビールを注ぎ、自らのグラスもビールで満たした。

大迫はハタハタを一匹取り皿に移した。

「竹島に米軍基地を移すというのもあったな。ほら、竹島については日本と韓国が互いに領有権を主張しているだろう？　米軍基地をそこに置いてしまえば、どちらの国も文句を言えなくなる。

領土問題も同時に解決して、めでたいことだと」

　彼の口がへえ、と動いた。

「なかなか面白いアイデアですね。竹島っていうのは、米軍基地を置けるほど広いんですか？」

「日比谷公園とほぼ同じ広さだ」

　彼は吹き出した。「面白いけれど、確かにくだらないですね。リードさんはそんなバカ話をしていたんですか？　その団体と」

「もちろん違う。中にはグアムに基地を移転したときのアメリカ側の経済効果とか、真面目に研究している連中もいる。他にも日銀と政府が極端に円高誘導をして、アメリカ兵が日本で生活できないようにするという、くだらないように見えて意外と現実味のある意見もあった。それでもリードは個々の研究内容を聞くというよりは、そういった研究をする人間たちの考えに触れることによって、あるべき日米のつき合い方を編み出そうとしたようだ。メンバーは学究肌の人間ばかりで、ヒステリックに『アメリカ兵は出て行け』と叫ぶ連中でもなかったから、取っつきやすかったんだろうな。流暢ではないけれど、英語がそこそこできるメンバーが多かったのも幸いした。『米軍は地元の声にもきちんと耳を傾けている』というアピールにもなるという利点もあった。広報局の人間として地元民にいいイメージを持ってもらうことは大切だから、リードの行動は軍でも問題にはならなかったようだ。団体にも断って、上司に交流の内容を報告していたよう

「だし」

彼は首をひねった。

「いい話じゃありませんか。ここからどうやって心中に話を持っていくんですか？」

「うん」それだけ言って、大迫は料理の皿を手前に引き寄せた。輪切りにしたコーンがよく焼けている。ひとつつまむ。北海道産のコーンは甘くておいしかった。

「いい話だということが原因だったんだ。『九条を沖縄憲法にする会』は、いくら平和的な団体とはいえ、基本は米軍に出ていってもらうのが最終目標だ。一方のリードは、いかに基地を存続させるかという発想をしてしまう。進むべき道が決定的に違うのに、仲良くなったことが、そもそも間違いだったのかもしれない。破局は意外にも、リードが沖縄での勤務を終えて、ドイツの基地に配置転換されることが決まったことから始まった。そこですっかり仲良くなった団体のメンバーが、リードのために送別会を開いたんだ。普通の居酒屋で、楽しいひとときを過ごして店を出た。そこまではよかった。ところが路上で立ち話をしているときに、メンバーの一人がこう言ったんだ。『基地も、リードさんみたいに円満に送り出せればいいのにな』と」

彼の顔から、面白がるような表情が消えた。箸の動きも止まる。

「その発言は、ちょっと……」

大迫はうなずく。

「そうなんだ。悪気があったわけではないと思う。ただ発言者は若い大学院生で、ちょっとした配慮に欠けていた。リードにしてみれば、自分という人格が拒絶されたように感じただろう。いくら仲良くなっても、しょせん自分は彼らにとって、日本に存在してはいけない人間なのだと。かなり傷ついたようだったと、同席したメンバーが証言している。ただしリードは激高したりはしなかった。黙って耐えていたようだが、反応したのは恋人である増島の方だった。発言者の男に対して、『そんな言い方はないでしょう』とくってかかった」

大迫は一旦言葉を切り、ビールを飲んだ。

「リードの転勤で最も影響を受けるのは増島だ。その時点では今後二人の関係をどうするか、まだ結論が出ていなかった。けれどほぼ別れる方向で決着がつきそうだったらしい。そのことで思い悩んでいたときに、恋人に対して『出て行け』と言われてカチンときたんだろう。発言者も自分がリードを傷つけたことに気づかなかったものだから、口論になった。どちらも相当量のアルコールが入っているし、自分のことを被害者だと思っているから、熱くなった。二人の言い争いは早口の日本語だったから、本当の被害者であるリードには何を言っているのかわからない。なんとか止めようと二人の間に割って入ろうとしたとき、男が増島を突き飛ばした。増島は道路にしりもちをつき、それでリードもカッとなって、男を殴ってしまった。軍官僚とはいえ、白兵戦の訓練は受けている。白人で身体も大きい。足下のおぼつかない酔っぱらいが殴られたら、たまったものじゃない。後ろに吹っ飛んで、電柱に後頭部を強く打ちつけた。当たり所が悪かったんだろう、そのまま死んでしまったんだ」

大迫が口を閉ざすと、個室に沈黙が落ちた。彼は米兵に感情移入しているのか、ややうつむき加減にビールを飲んでいた。そしてビールを飲み干すと、自らグラスに注ぎ足した。

「それで、どうなったんですか？」

「意外な成り行きに動揺したリードは、増島を連れてその場から走り去った。団体のメンバーが彼らの姿を見たのは、それが最後だ。後は遺書の内容から推測されることだ。リードと増島は、それぞれが遺書を残していた。英語と日本語の違いはあるが、内容はほぼ同じだった。それによると、友人である団体のメンバーを殺害してしまい、まず逃亡することを考えたそうだ。基地に逃げ帰って、そのままドイツへ逃亡できないかと。これは納得できる。いかに高潔な人間であっても、罪を犯した瞬間に『じゃあ、自首』と考えることはないからね。しかし現在の在日米軍が置かれた状況から、簡単に逃亡できないことは、広報局に勤務する自分がいちばん知っている。なんといっても、目撃者がいる。否認を繰り返しているうちに時間切れで国外脱出というわけにはいかない」

彼は黙って話を聞いていた。大迫は話を続ける。

「次に考えたのは、正当防衛を主張することだった。目撃者がいるわけだから、先に手を上げたのは相手の方だという証言は得られる。それに殴ったのは一発だけだ。しかも直接の死因は殴られたことではなく、電柱に頭をぶつけたことだからね。米兵ということもあるし、裁判で無罪を勝ち取ることは可能かもしれない」

「日本の司法は、米軍が絡むと腰が引けますからね」彼が後を引き取った。「それにアメリカ社会にどれほど騎士道精神が残っているのかは知りませんが、『日本人女性を護った軍人が、どうして罪に問われなければならないのか』と自国の世論を誘導することは、十分可能だと思います。それは裁判にも影響を与えるでしょう。でも、リードさんはその方法を採らなかった」

「ああ。なによりも、よりによって自分が日本人を殺害してしまった精神的ショックが大きかったようだ。日頃から米兵の犯罪を苦々しく思い、地元といい関係を築くことに腐心していた自分が、今度は糾弾される側に回る。真面目なリードには耐えられなかったようだ。アルコールが入っていて、勢いがついていたこともあったんだろう。自分で身を処することによって、軍にそれ以上迷惑がかからないようにすることを決めた。増島も自分が原因になったことを強く自覚していた。自分が男の発言を軽く流していたら、こんな事件は起きなかったわけだからね。自殺を決心したリードと、運命を共にすることにした。増島は薬科大学に勤務していたから、自分の研究室に忍び込んで毒薬を持ち出した。そして増島のアパートで最後の愛を交わした後、二人で毒を飲んだんだ」

大迫はグラスに半分残っていたビールを飲み干した。

「事件はこれで終わり。米兵が日本人を殺害したということで、この事件は大きく報道された。でも事実関係が明らかになるにつれ、ちょっと風向きが変わった。君はアメリカの世論を誘導すればと言ったけれど、そうしなくても日本のマスコミがそっちの方向に動いたんだ。リードが責任を感じて、最後に自殺したことも効いた。彼はむしろ悲劇のヒーローになり、各紙の社説は『個々人は善良なのに、このような悲劇が起きてしまう。ここに基地問題の複雑さがある』とまとめた。確かに複雑だよ。この事件では、関係者の誰か一人を責めるということができない。基地があるがゆえの悲劇ではあっても、基地の人間にもいい奴がいることがわかってしまった。かといって失言した男も県民の総意を口にしただけだから、悪者にすることもためらわれる。うやむやのうちに収束させるしかなかったんだろう。君は移住を考えたほどの沖縄好きだから、基地問題には無関心ではないと思う。この事件を聞いて、どんな感想を持ってくれたかな」

大迫は話し終えて、ふうっと息をついた。歳のせいか、長く喋ると息が切れる。彼が注いでくれたビールをひと口飲み、もう一度息を吐いた。

彼はすぐに返事をせずに、炭火で炙られたハタハタを口に運んでいた。ときおりビールを飲む。ハタハタを一匹食べてしまうと、ようやく顔を上げた。

「この事件の感想ということですが、私に感想を述べる資格があるかどうか、わかりません」

大迫は首を傾げる。「なぜ?」

「沖縄好きだからです」彼はそう答えた。

「私がはじめて沖縄を訪れたのは、大学生のときです。その頃にはすでに、沖縄に基地ができて何十年も経っていました。だから私が知っている沖縄は、基地のある沖縄です」

それはそうだろう。彼よりもずっと年上の大迫だってそうだ。大迫がそう言うと、彼は寂しそうに息を漏らした。

「好むと好まざるとにかかわらず、基地を抱えた戦後の沖縄文化は、アメリカに影響を受けています。元々の沖縄文化に、日本文化とアメリカ文化がブレンドされた、その独特の雰囲気に私は惹かれました。結局のところ、私は『基地のある沖縄』が好きなんでしょう。沖縄の人たちが、どれほど基地によって苦しめられているかを無視して、その上澄みだけをすくい取って褒め称えている。それに気づいたからこそ、私は移住を諦めたんです。そんな私が、基地問題についてあれこれ言うのは、おこがましいのではないかと思います」

「………」

大迫は意外な気持ちで彼の言葉を聞いていた。自分には沖縄の苦しみがわからない。だから観光客の身分に徹しようというのか。彼が沖縄を愛しているのは間違いない。けれど、その愛情はそんな悩みを伴ったものだったのか。

彼は寂しそうな表情のまま、言葉を続ける。

「ですからこの事件から基地問題をどうこう言うつもりはありません。純粋に事件自体に関してなら、多少考えることはありますが」

「考えること？」

大迫が聞き返すと、彼は少し表情を厳しくした。

「九条を沖縄憲法にする会、でしたっけ。その団体は、平和的な基地撤去の手段を考える勉強会であり、危険な団体ではないと判断されたんですよね」

「ああ。そう聞いている」

彼はテーブルに両肘をついて、大迫を見つめた。

「けっこう剣呑な団体かもしれませんね」

大迫は黙って彼の顔を見つめた。

「——どういうことだい？」

九条を沖縄憲法にする会は、過激な活動はしていない。この事件だって、メンバーの一人が口を滑らせただけだ。それなのに、なぜ彼は剣呑などというのだろう。

彼は「食べちゃっていいですか」と断って、皿に一匹残ったハタハタを取った。そして背中を一口かじってから、話を再開した。

「ちょっと気になることがあるんです」

「気になること？」

「ええ。まず一点目は、遺体が発見された状況です。増島さんが大学に出勤しなかったから、不審に思った学生が増島さんのアパートを訪ね、遺体を発見したということでしたね」

「そうだね」大迫は自らの話を思い出しながらうなずく。彼の言っていることは、間違っていない。彼は軽く眉根を寄せた。

「それって変じゃありませんか？　だって、前の晩に殺人事件が起きているんですよ。犯人の名前も、一緒に逃亡した人間の名前もわかっています。なぜ警察は、増島さんのアパートに行かなかったのでしょうか。今まで米兵の事件に手を焼いてきた沖縄県警であれば、なんとかしてリードさんが基地に逃げ帰る前に逮捕したいと考えるでしょう。基地以外の潜伏先として、恋人のアパートをチェックするのは当然だと思います。むしろ真っ先にやることでしょう。それなのに警察はそれをせず、翌日に学生が発見するまで放っておいた。これはどういうことなのでしょうか」

「………」

大迫はすぐに返事ができなかった。指摘されるまで、そんなことには気づきもしなかったからだ。けれど大迫は警察官だ。すぐに自分を取り戻し、彼が指摘した問題点について検討しはじめた。

「可能性があるとすれば」大迫はひとつの解答に行き当たった。「こういうことかな。『九条を沖縄憲法にする会』の連中は、メンバーの一人が死んでも、警察に届けなかった」

彼は口元だけで笑った。「そう思います」

彼は賛成してくれたが、大迫は与えられた条件から仮説を導き出しただけだ。その仮説が意味するものを理解していなかった。

「大迫さんがおっしゃるとおり、彼らは警察に通報しなかったのだと思います。おそらく、酔った勢いでふざけていたら、転んで頭を打ってしまったとか、救急隊員や医者にはそんな説明をしていたのではないでしょうか。しかし顔には殴られたような痕がある。不審に思った医者が警察に伝え、警察が問いつめると、仕方なく真相を白状した。そうこうしているうちに、何も知らない学生が死体を発見した。そんなところでしょう」

彼の説明はわかりやすかった。話の流れはすっきりしている。けれどなぜ団体がそんなことをしたのかの説明がない。大迫がその点を指摘する前に、彼は話を続けた。

「気になることの二点目は、心中そのものです。リードさんについては、まあ理解できます。広報局という、もっとも日本人と仲良くしなければならない立場の人間が、日本人を殺(あや)めてしまった。一介の下級兵士が暴行事件を起こしたのとは、社会に与える影響度合が違います。責任の重さに耐えかねて自殺するということは、やや極端ですが、ありえることでしょう。でも増島さんはどうでしょうか。彼女には、死ぬ理由がないように思われます。リードさんの犯行が増島さんの行動から誘発されたものとはいえ、彼女自身は手を上げていないのです。それなのに恋人が死ぬからといって、じゃあわたしも、と簡単に思うものでしょうか」

彼は大迫の目を見据えた。

「それに、リードさんの気持ちも気になります。増島さんが悪くないことは、リードさんにはよくわかっていたはずです。どうして一緒に死のうと言えるのでしょうか。『君は悪くないから死んではいけない』と思いとどまらせて、自分だけが死を選ぶという方が自然だと思います」

「それは、君が強いからだよ」大迫はさすがに反論する。「大多数の人間は弱い。それにリードも増島も酒を飲んでいた。勢いで、ということもあるだろう」

けれど彼は動揺しなかった。

「酒の勢いで心中を決めた。それはいいでしょう。けれどそれにしては、その後の手順が多いんですよね。心中を決意して、大学まで行って、毒薬を持ち出して、アパートに戻って、愛を交わして、遺書を書いて、それから服毒でしょう。勢いで死ぬには、ずいぶん間延びしていませんか。移動距離もあるし、時間もかかっている。遺書を書くという、自分の心理状態を見つめ直す機会もある。途中で勢いが衰えそうな気もします。それに遺書には、正当防衛を主張することも考えたと書いてあったんでしょう？　リードさんがその考えを採らなかったとしても、増島さんの立場では、その考えにしがみつく方が自然だと思います。事件の責任が自分にあると考えていたのなら、なおのこと恋人を助けようとするでしょう。絶対に無罪になるから早まるなと。あっさり諦める理由はどこにもない」

彼はいったん話を止めて、ビールを飲んだ。

「そう考えると、事件は表面のストーリーどおりではないと考えても、不思議ではないでしょう」

大迫は唾を飲み込んだ。「――君は、どう考えているんだ？」

彼は少し黙って考えをまとめていたようだったが、やがて口を開いた。

「米兵に仲間を殺されたのに警察に通報しなかった団体。必要もないのに心中した女性。団体は、親しくなったとはいえ、リードさんと敵対する立場だった。一方の女性はリードさんの恋人だった。本来なら、両者は逆の行動を取らなければならなかったのです。つまり、団体は警察に通報し、増島さんはリードさんの自殺を止める。それが正しい選択のはずです。でも実際の行動は逆だった。逆とはどういうことか。極端にいえば、団体はリードさんを逃がそうとし、増島さんはリードさんを殺そうとしたということです」

大迫は思わず大声を出していた。彼の言葉は、あまりに意外なものだったからだ。

「ええっ！」

「メンバーの失言から増島さんとの言い争い。そしてリードさんが殴って死なせてしまった。その事実関係はおそらく間違っていないのでしょう。あまり作為は感じられません。問題はそこからです。米兵による日本人殺害は、反米軍基地団体にとってもっとも許すことのできない事件のはずです。けれど団体は、リードさんを逮捕させたくなかった。そう考えると、団体の裏が読めてきますよね。団体は、リードさんと結託して、後ろ暗いことをやっていたのです。たとえば武器の横流しとか、麻薬の密輸入とか。リードさんは仕事熱心から団体に近づいたのではなくて、単に日本側のビジネスパートナーを探していただけだった。その受け皿が、反基地を隠れ蓑にしている団体だったというわけです。基地撤去を掲げている団体が、まさか米兵と結託して金儲けしているとは、誰も思いません。それでうまくいっていた。けれど事件が起きてしまい、団体は困った。リードさんが逮捕されてしまうと、自分たちと共同で行っていた悪事まで白状してしまうのではないかと心配した。だからリードさんを逃がすことにしたのです。リードさんはドイツ基地への異動が決まっている。それまでの間ごまかせれば、彼は日本からいなくなってくれるのです。密売の後継者が確保できないのは痛手ですが、事件に対するフォローとしては、合格点といっていいでしょう」

「……」

大迫は返事ができなかった。基地のある街では、米兵と地元の犯罪組織が結託して悪事をはたらくことがあると、大迫自身が彼に教えたのだ。けれど大迫は何も気づいてはいなかった。彼は話を続ける。

「では増島さんはどうでしょう。恋人であり、団体と会うときも一緒にいた彼女が、彼らの行為に気づかなかったはずはありません。彼女もまた共犯だったと考えた方がいいでしょう。団体は大学関係者が中心ということでしたから、大学助手である増島さんが間を取り持ったのかもしれません。ここで彼女の立場になって考えてみましょう。増島さんも団体と同じく、リードさんをドイツに逃がしてそれでよし、と考えたのでしょうか。違いますよね。なぜなら、彼女はリードさんの恋人であり、そして別れることになった人間です。今までは単に別離の悲しみだけだったのが、事件によって彼女の心に変化が起きた。つまり、悪事が露見するという恐怖です。リードさんと一緒にいたときには気づかなかったそれが、彼女の心に影を落とした。その瞬間から彼女の目には、リードさんはドイツへ配置転換されるのではなくて、共犯の自分を捨てて、自分だけ逃げようとしていると映った。許さない。彼女がそう考えても不思議はありません」

「……」

「あわてて逃げたリードさんの後を追い、彼女は団体の考えとは逆のことを告げたんでしょう。

事件によって、わたしたちの悪事は確実にばれてしまう。基地に逃れても無駄だ。軍人であることを利用した悪事なのだから、むしろ軍によって厳罰が下されるだろう。そのことは母国に伝わる。不名誉な形であなたの人生は終わるんだと。話を聞いてリードさんはパニックに陥った。そこで彼女の方から自殺を勧めるのです。今自殺をすれば、日本人を護った騎士として名誉の死を遂げられると。不名誉な犯罪者か、悲劇のヒーローか、どちらを選ぶかは明白だろうと。そして追いつめられたリードさんは、自殺を決意する。基地に戻すと翻意される危険性があったから、増島さんはわざわざ研究室から毒物を持ち出して、自分の目の前で彼に飲ませることを選択した。影で行っていた悪事にいっさい触れずに、美談になるような遺書を書かせたのも彼女でしょう。その時点で自分自身も死ぬことに決めていたかどうかはわかりません。でも、恋人を死に追いやることを決めた時点で、たぶんもうどうでもよくなったのでしょう。だから自分も毒を飲んだ。こうして『九条を沖縄憲法にする会』と増島さんが、お互いなんの連絡もなく行動した結果、あのような綺麗なストーリーができあがったのです」

彼の話は終わった。彼は言うべきことは言ったとばかりに、残りのビールを飲んでいた。

大迫はそんな彼の姿を、黙って見つめていた。

「沖縄県警は」しばらくの沈黙の後、大迫はそう言った。「県警はそのことに気づいていないのだろうか」

「おかしな点がいくつもあることには気づいているでしょうね」

それが彼の答えだった。「でも、肝心の米兵が死んでしまった以上、深掘りしても米軍から何も引き出せないことを、経験上知っているのでしょう。団体も米軍の窓口を失ってしまい、悪事を続けられなくなった。だから、事件を事務的に封印した。そういうことだと思います。牧田警視、でしたっけ。その人は肝心なところをぼかして大迫さんに告げたのでしょう。沖縄県警はなにかと大変だよ、と暗に伝えたかったのかもしれません」

大迫は答えられなかった。自分は、そのことにまったく気づいていなかった。彼は彼自身が沖縄の苦悩を理解できていないと言った。けれど自分はそれ以下だ。だって、理解できていないという自覚すらなかったのだから。

「まあ大迫さん、いいじゃないですか」

悄然とした大迫に、彼が声をかけた。

「沖縄には沖縄の、東京には東京の苦労があります。首都を狙うテロリストたちを取り締まる苦労は、沖縄県警にはわからないでしょう。それと一緒ですよ」

彼は最後のビールを飲み干し、グラスをテーブルに置いた。

「私たちは、東京で生きていくんですから」

再会

泥の海に、首まで浸かっている。

薄暗くて、周囲の様子がよくわからない。いや、それどころか何も見えていない。そんな感じがする。

息が苦しい。泥に胸を圧迫されているばかりでなく、首にも何かが巻きついていて、それが呼吸の邪魔をしているのだ。

全身に強いストレスがかかっている。身体の動きどころか、心臓まで止まってしまいそうなストレス。それに押し潰されるように、次第に気が遠くなっていく。

そのとき。

誰かが頭を撫でてくれた。

なんて温かい手。その手から力が注ぎ込まれた。その力が内側からストレスを押し返している。それによって、わたしは次第に元気を取り戻していく。

そしてわたしの身体がふわりと浮き上がる。誰かに抱えられているような感覚。力強い腕がわたしを泥の海から引き上げ、自由にしてくれた。

そのときわたしが感じたのは愛だ。恋愛などという言葉で語るようなものではない。人が人を思う、純粋な愛。わたしはそれを抱きしめた。

今も抱いている。

*　*　*

わたしは父が嫌いだ。

その父の怒声を背中に聞きながら、わたしは自転車で家を飛び出した。怒声に母の金切り声が重なる。さらに食器の割れる音。毎度のこととはいえ、嫌な気分になることには変わりない。わたしは聞こえないふりをして、自転車をこいだ。しばらく真由美（まゆみ）姉さんのところに避難させてもらおう。

従姉の真由美姉さんは、自転車で五分のアパートに住んでいる。夜中に小学生が向かっても、犯罪に巻き込まれにくい距離だと思う。逃げ込むには格好の場所だ。姉さんもそれを意図して住処を選んでくれたのだろう。ありがたい話だ。

平日の夜だから、真由美姉さんはアパートにいた。突然の訪問にも、慣れた様子でわたしを招き入れてくれる。

「ごめんね」

毎度世話になる従姉に、わたしは謝った。わたしだって、もう小学六年生だ。いくら親戚とはいえ、甘えてばかりはいられないことくらいわかっている。でも、今のわたしは逃げ場を必要としていた。申し訳ないと思いながらも、ここに来てしまう。

真由美姉さんは軽く笑った。「なんの」

姉さんはわたしをカーペットに座らせ、冷蔵庫からペットボトルの緑茶を取り出してコップに注いでくれた。礼を言って受け取る。

「またコレ？」

真由美姉さんは両手の人差し指を伸ばして、クロスした。両親がケンカしているのか、という意味だ。わたしは黙ってうなずく。姉さんはため息をついた。

「叔父さんにも困ったものね」

「わたし、お父さん嫌い」

わたしは言った。当然だ。普段はおどおどとして、小学生の娘にすらご機嫌を取る父。そんな父は、お酒を飲むと豹変する。突然暴力的になり、わたしや母をよく殴った。母も黙ってはいない。父を負け犬呼ばわりして、また殴られた。本当にどうしようもない父だ。それはわかっている。わかっているけれど、口に出してみると、それは強烈な悲しみとなってわたしを揺さぶった。下を向いて唇を嚙みしめる。姉さんはまたため息をついた。

「わたしが聖子ちゃんくらいのときには、優しい叔父さんだったんだけどな」

真由美姉さんは二十五歳だ。だから姉さんがわたしくらいのときといえば十三年前。「あの事件」が起こる前のことだ。それは優しかっただろう。そんなことを口には出さなかったけれど、姉さんは敏感に察知したようだ。

「ハイジャック」

つぶやくように言った。

「あの事件さえなければ、叔父さんは挫折することはなかった」

わたしは眉根を寄せて、従姉の言葉を聞いた。あの事件――ハイジャック。さまざまな人たちから聞く、十一年前の出来事だ。でも、わたしの前では何一つ具体的な話をしてくれない。

それは伯父、真由美姉さんのお父さんも同様だ。父と同じく、生まれ故郷の沖縄を離れて、現在は千葉に居を構えている。伯父の家にはときどき遊びに行くけれど、伯父がわたしを見ると必ず口にするのが弟――わたしの父のことだった。

「あいつはエリートだった。大学を優秀な成績で卒業して、一流企業に就職した。一族の誇りだったんだ。それなのに、ハイジャック事件ですべてが変わった。あれ以来、あいつは何に対しても真正面から向き合えなくなってしまった。自信をなくして、すべてに怯えて。それでも事件直後は明るく振る舞っていた。明るいどころか、まるで躁状態だった。むしろこれで自分の運は開けたんだと。でも、そんなものは虚勢だ。いつまでも続かない。案の定、あいつはあるとき、スイッチが切れたように、極端に無気力な人間になった。あいつは、弱い人間だったんだ」

それ以来父は、万事に力を尽くすことができない人間になってしまった。会社の仕事も適当。酒臭い息を吐きながら出社することもしばしばだった。そんな人間を会社が出世させるわけがない。会社を動かす中心の部署から、若くして窓際部署に追いやられ、安月給でどうでもいい仕事をしている。クビにならないだけ、日本の会社は優しい――それが伯父の話だった。

「俺は犯人を恨むよ。一人の優秀な人間を潰したわけだからな。もちろん聖子ちゃんや、お母さんを不幸にしたという意味でも」

伯父は決まってそう締めくくった。

「ねえ、真由美姉さん」

わたしは顔を上げた。

「ハイジャックって、どんな事件だったの？　みんなハイジャック事件のことは口にしても、詳しい内容までは教えてくれない。ハイジャックが大事件なのはわかるけど、それがお父さんにどう関わるの？」

わたしは従姉に尋ねた。真由美姉さんも、今まで詳しい話をしてくれなかった。わたしも無理には聞かなかった。でも、今夜は聞きたいと思ったのだ。

今日、クラスの里依（りえ）ちゃんの話を聞いた。彼女は近所の公立中学校ではなく、都心にある中高一貫の進学校を目指しているのだという。

「あそこはレベルが高いから、受かるかどうか、まったくわかんないよ。聖子ちゃんなら、らくらく合格なんだろうけど」

里依ちゃんはそう言った。確かに学校の成績は、里依ちゃんよりわたしの方がいい。彼女の発言は、それをふまえてのことだろう。でも、わたしは私立の進学校には行けない。

「あんたは公立よ。私立に行かせる余裕なんて、うちにはないからね」

母の投げ捨てるような言葉が、今も胸に残っている。別にわたしから私立の進学校に行きたいと言ったわけではない。それでも父に引きずられるように無気力になった母から先回りしてそう言われると、やっぱり落ち込んだ。

母ははっきりとは言わないけれど、余裕がないとは、父の収入が少ないという意味なのだろう。

なぜ一流企業で働いていながら収入が少ないのか。父は勤労意欲をすっかり失っており、安月給の価値しかない仕事をやっているからだ。そして父がそうなってしまったのは、どうやらハイジャック事件が理由らしいのだ。

とすると、わたしはこれからも進路を制約され続けるのだろうか。ハイジャック事件のせいで。昼間にそんなことを考えたものだから、ハイジャック事件について詳しく知りたくなったのかもしれない。

わたしがそのことを口にすると、真由美姉さんはわたしをじっと見つめた。

「聖子ちゃんも、来年は中学生だよね」

そんなことを言った。

「それなら、そろそろ知っておいた方がいいかもね。でも、嫌な話よ」

姉さんはいつもより鋭い目でわたしを見据えた。「聞く勇気ある?」という目だ。わたしはうなずいた。姉さんはわたしの目をしばらく見つめた後、口を開いた。

「聖子ちゃんが一歳の誕生日を迎えた頃、聖子ちゃんたちはハイジャック事件に巻き込まれたの。叔父さんたちは聖子ちゃんを故郷のお祖父(じい)さんに見せるため、沖縄に帰省していた。そして東京に帰る飛行機が乗っ取られたのよ」

「……」

「でも、それだけならただの災難。問題は、聖子ちゃんがハイジャック犯の人質になったこと」

「わたしが?」

思わずわたしは自分を指さした。真由美姉さんがうなずく。

「聖子ちゃんはハイジャック犯に抱えられ、刃物を突きつけられていたのよ。そして犯人は乗客たちに宣言した。乗客が言うことを聞かなかったり、警察が要求を呑まなかった場合には人質を殺す、と」

わたしは唾を飲み込んだ。人質を殺すということは、わたしを殺すということだ。ずっと昔に終わった事件なのに、全身に鳥肌が立つような恐怖を感じた。わたしが恐怖したのを見て取ったか、真由美姉さんが「ほら、聞かなければよかったでしょう?」と言った。

「叔父さんたちにはどうしようもなかった。乗客の中には、犯人によって大怪我を負わされた人もいたみたいだし。ただ犯人が聖子ちゃんに刃物を突きつけているのを、眺めることしかできなかった」

わたしはしばらく声を出せなかった。わたしがハイジャック犯の人質になっていたなんて。そんな話ははじめて聞いた。事件から十一年も経っているのに、当事者のわたしが知らないということは、よほど周囲の大人たちが慎重に隠していたということだろう。

でも、わたしにも多少の知恵がついている。友達に借りた漫画の中には、犯罪を描いたものも少なくなかったから、そんなときの人間の反応も学習していた。

「でも」

わたしは反論した。

「わたしが人質だったのなら、仕方がなかったんじゃないの？　逆らったらわたしを殺すって、犯人は言ったんでしょ？」

わたしの意見に、真由美姉さんは悲しげな眼差しで答えた。

「そうなのよ、本当なら。でも、あの事件では事情が違った。というのは、乗客の一人が立ち上がって、聖子ちゃんを助けるためにハイジャック犯と必死の交渉をしたそうなのよ。自分が殺されるかもしれないのに、身の危険も顧みずに、見ず知らずの聖子ちゃんを助けるために頑張った人がいたの。そしてその人の努力の甲斐あって、聖子ちゃんは無傷で解放された」

「………」

そんな人がいたのか。わたしを助けてくれた、いわば命の恩人といえる人が。もちろん一歳になったばかりのわたしに、事件当時の記憶があるはずがない。それでも心に深く刻まれたシーンがある。泥の中に埋まって死にそうなわたしを抱え上げてくれた人――。

「その人の存在は、叔父さんの心を打ちのめしたわ。自分は娘が人質に取られているにもかかわらず、ハイジャック犯の刃物に怯えて何もできなかった。それなのに赤の他人が、自分の娘を護るために命をかけた。その事実が、叔父さんを敗北者にしたの。それに追い打ちをかけたのが叔母さん。叔母さんは叔父さんを責めたわ。見ず知らずの人が聖子ちゃんを助けようとしてくれたのに、あんたは父親のくせになんなのって。叔父さんは立ち直れなかった。乗客が国と航空会社を相手取って起こした、集団訴訟の和解金もあっという間にお酒に消えて、後は聖子ちゃんの知っているとおり」

わたしはため息をついた。

真由美姉さんがはじめて話してくれた、ハイジャック事件の状況。それでようやく納得がいった。順風満帆の人生を送っていた父。それがたったひとつのハイジャックによって崩れた。父はそれに耐えきれず、壊れていった。そういうことだったのか。

伯父はくり返しわたしに言った。父は弱い人間だと。弱かったから自分に降りかかった不幸を受けとめきれずに、酒に逃げたと。言葉の意味は理解できたし、賛同もできた。でも今夜、真由美姉さんの話を聞いて、はじめて実感として父が壊れた理由を受けとめることができた。伯父の言ったとおり、父は弱い人間だったのだ。

「こんなことを言うのはよくないと思うけど」

真由美姉さんが、わたしよりずっと大人っぽいため息をついた。

「わたしは聖子ちゃんを助けてくれた人を恨むわ。その人も一緒になって座席でじっとしてくれていたら、叔父さんはあんなふうにはならなかった。一人が英雄的な行為をしたために、できなかった残り全員が、本来抱かずに済む劣等感を抱いてしまった。もちろん命がけで聖子ちゃんを助けてくれた人に、そんな感情を持ってはいけないんだけどね」

真由美姉さんはしゃべり疲れたように息をついて、緑茶を飲んだ。

わたしはといえば、今聞いた話を頭の中でなんとか整理しようとしていた。わたしがハイジャック犯の人質になっていた。ハイジャック犯は、わたしを殺すと宣言していた。わたしを助けるために立ち上がった、見知らぬ人がいた。それらの事実は、わたしを驚かせるのに十分だったけれど、かといって知ったところでどうなるものでもなかった。伯父さんはハイジャック犯を恨むと言った。真由美姉さんは助けてくれた人を恨むと。でもわたしが同じように恨んだところで、父がやる気を取り戻したりはしないだろう。状況は変わらないのだ。

真由美姉さんがじっとわたしを見つめた。

「聖子ちゃんは、本当に強いね」

「えっ？」

思わず聞き返す。真由美姉さんは緑茶を飲んだ。

「ハイジャック事件が解決した後、航空会社は事件を未然に防げなかったことに責任を感じてね。人質になった聖子ちゃんが、事件のストレスが原因で成長に支障が出ないか心配したのよ。だから専門のお医者さんにお願いして、定期的に聖子ちゃんの心と身体の様子をチェックしていたの。ほら、聖子ちゃんはときどき病院に呼ばれてたでしょ？　あれは実は、事件後のケアだったのよ。去年で事件後十年経ったから、ひと区切りつけたみたいだけどね。そしてお医者さんが出した結論が、聖子ちゃんは人並み以上に真っ当に成長しているから、これ以上のケアは必要ないというものだった。こんなことはごく珍しい幸運なケースだと、お医者さんは言っていたそうよ」

「……」

そう言われても、自分ではよくわからない。だって、わたし自身はハイジャック事件のことなんて、憶えていないのだから。憶えていないことを理由に成長しないなんてことはないだろう。わたしがそう言うと、姉さんは苦笑した。

「だから思うのよ。聖子ちゃんは強いなって」

普通の小学生は、そんなふうには思わないものだけどと続けた。

わたしは思う。泥の海の中で感じた愛。あの愛が様々な局面でわたしを勇気づけてくれた。それは頭を撫でてくれた温かい手であり、泥の海の中から引き上げてくれた腕だ。わたしが事件やその後の環境にもかかわらず真っ当に成長していて、それが珍しいことであるなら、それはわたしがあの愛に包まれているからかもしれない。でもこのことを言葉で正しく伝える自信がなかったから、黙っていた。

「ねえ、聖子ちゃん」

不意に真由美姉さんの口調が変わった。わたしは顔を上げる。

「聖子ちゃんはお母さんが普段言っているように、近所の公立中学校に行くつもりなの？」

いきなりボールを胸にぶつけられた気がした。自分から話したこととはいえ、正面から指摘されると、その衝撃に息が詰まりそうになった。

でも真由美姉さんはわたしをいじめるつもりはなかったようだ。「今度来たら話そうと思って取り寄せたんだけど」と言いながら、机に手を伸ばして大型の封筒を取った。表にはマジックで大きく「玉城(たまき)真由美様」と書かれてある。封筒の下側には、「沖縄孝月学園(おきなわたかつきがくえん)」と印刷されていた。

「ここ、知ってる？」

真由美姉さんは封筒を指さしながら聞いてきた。わたしは首を振る。東京に住んでいるわたしが、沖縄の学校のことなんて、知るわけがない。わたしの反応に、姉さんがにんまりした。

「ここはね。沖縄にある中高一貫教育の進学校なの。全寮制のね」

わたしはただうなずいた。言葉の意味はわかるけれど、姉さんの言いたいことがよくわからない。わたしの戸惑いを見透かしたように、真由美姉さんは言葉を続けた。

「実はこの学校はね、成績優秀なのに親の収入が少ないために受験をためらっている生徒には、奨学金を出すのよ。学費と寮費をまかなえるほどの金額を。親は食費とお小遣い程度の負担で、子供を進学校にやることができる。そんな学校なの」

どきりとした。思わず真由美姉さんの顔を見る。姉さんは真剣な笑顔を浮かべていた。

「どう？　チャレンジしてみる？」

「……」

わたしはすぐには答えられなかった。真由美姉さんの話に、大きく心を揺さぶられたのは間違いない。全寮制の進学校。そこに行けば、今の家から離れられる。でも、わたしは私立中学校を受験するほどの勉強をしていない。それに、いくらなんでも沖縄は遠すぎる。しかも両親は沖縄の話を聞くことを極端に嫌がる。いくら生まれ故郷でも、人生を狂わせたハイジャック事件が起きた場所には関わり合いたくないらしい。それらを考えると、わたしがその学校を受験するのは現実的ではない気がする。

わたしが答えずにいると、真由美姉さんは封筒からパンフレットを取り出した。

「これは送ってもらった学校案内なの。読んでみてその気になったなら、試してみればいい」

わたしは学校案内を受け取った。表紙をめくる。そこには人懐っこい顔をしたおじさんの写真が載っていた。「比嘉勝男理事長」と説明が載っているけれど、なんと読むのかわからない。

さらにページをめくると校舎や授業風景の写真が載っている。よく晴れた日に撮影されているためか、とても綺麗に見えた。

「ほら、聖子ちゃん」

そう言って姉さんは学校案内の最後のページを開いた。そこには受験生へのメッセージが掲載されていた。写真入りでコメントを寄せているのは二人。一人はアメリカのメジャーリーグで活躍している新井（あらい）投手。もう一人は歌手の杉原麻里（すぎはらまり）だった。

「この学校はね」真由美姉さんは言った。「北谷（ちゃたん）アーティスト・スクールを経営している比嘉（ひが）という人が開校したの。北谷アーティスト・スクールは知ってる？」

わたしはうなずく。わたしも大好きな杉原麻里や、お笑いのアダンズなどの人気タレントを数多く輩出している、芸能人養成学校だ。

「杉原麻里と新井は、稼いだお金で学校設立の協力をしたのよ。杉原麻里は母校への恩返しといったところでしょうね。新井の方はよくわからないけど、学校設立の理念に共鳴したのかもしれない」

真由美姉さんはわたしの目を見つめた。

「杉原麻里も、あのハイジャック事件に巻き込まれたのよ」

「……！」

知らなかった。あの大スターの杉原麻里にそんな過去があったなんて。あらためて学校案内を見る。そこには杉原麻里の整った顔が写っている。その口が「来なさい」と言っているような気がした。

　はるか遠くにあるはずの学校が、一気に近しく感じられた。ハイジャック事件で人質になったわたしが、ハイジャック機に乗り合わせた歌手が設立した学校に進学する。そんなことがあってもいいんじゃないか——。

　真由美姉さんの視線がわたしから壁に移る。壁にはカレンダーが掛けられていた。

「七月十六日は、土曜日か……」

　そうつぶやいて立ち上がった。ノートパソコンに向かう。ノートパソコンを起動して、インターネットに接続した。真由美姉さんは「琉球航空」というキーワードで検索して、琉球航空のホームページを開いた。そして七月十六日の、那覇空港行きの空席状況を調べる。さすが夏休み直前。早朝の便以外はすべて満席だった。続いて十七日の羽田空港行きも調べる。こちらもおおた埋まっているけれど、どの便もまだ空席があるようだった。

「ねえ、聖子ちゃん」真由美姉さんは振り返ってわたしを見た。「今度の週末、空いてる？」

　わたしは夢から現実に引き戻されたような感じで真由美姉さんの方を向く。週末には、特に予定はない。わたしはうなずいた。

「うん、空いてる。真由美姉さんと一緒って言ったら、お父さんたちは何も言わないし」

　わたしの回答に、姉さんは目を光らせた。

「一緒に沖縄へ行く?」

「えっ?」

一瞬、何を言われたのかわからなかった。沖縄へ行くって?

「その気になったところで、下見に行かない? その学校へ」

「ええーっ?」

突然の誘いに、わたしは大声を出した。真由美姉さんはもともと行動力のある人だけど、それはあまりに性急ではないだろうか。でも真由美姉さんは、意外と真剣な顔をしていた。そして表情に見合った真剣な口調で言った。

「もちろんそれだけが目的じゃない。七月十六日は、ハイジャック事件が起きた日なの」


七月十六日。わたしは早起きして、真由美姉さんと共に羽田空港に向かった。両親は大の飛行機嫌いだ。だからわたしは飛行機に乗ったことがなかった。もちろんハイジャック事件に巻き込まれたくらいだから、赤ん坊の頃に乗っているのだろうけど、そんなこと憶えていない。実質はじめての飛行機旅行に、わたしの胸は高鳴った。

旅行の準備はすべて真由美姉さんが調えてくれた。といっても、姉さんは航空券を買っていない。ハイジャック事件に巻き込まれた乗客に対して、琉球航空は生涯無料の確約をしたのだそうだ。当時一歳だったわたしにも。だから電話でわたしの名前を告げるだけで、自動的に航空券が手に入ったというわけだ。それだけではない。姉さんは自分の航空券を、ちゃっかり母の名前を使って予約した。これで姉さんも無料で沖縄まで往復できる。

はじめての空港。はじめての飛行機。はじめての沖縄。楽しくないわけがない。羽田空港では、飛行機に乗り込む際に長い行列に加わった。飛行機というのは、乗る前に身体検査をされるのだそうだ。誰かがハイジャックをするために武器を持ち込まないか調べているらしい。本当ならいらいらするはずの長い行列にも、ハイジャック事件に巻き込まれた過去を持つわたしは、むしろ興味を持って並んでいた。

手荷物を機械に通し、自分自身は門のような場所をくぐった。キンコンと音が鳴って、ドキリとする。ポケットに携帯音楽プレーヤーが入っていたのを忘れていた。真由美姉さんのお古で、杉原麻里の曲が入っているやつだ。それを係員に預けてもう一度通ると、今度は問題なく通過できた。

飛行機の中は、思ったよりずっと広かったし、優しいスチュワーデスさんがジュースまで出してくれた。離陸した直後に耳がつーんとしただけで、それ以外は快適な旅行だった。隣の真由美姉さんはあっさり眠ってしまったけれど、わたしは眠るどころではなかった。那覇空港までの二時間半が短く感じられた。飛行機って、こんなに楽しかったのか。

那覇空港ビルを出ると、熱気が身体を包んだ。東京も暑かったけれど、空気がまるで違う気がした。直射日光が暑いのではなくて、空気自体が熱を持っている。それだけではない。匂いが違うのだ。言葉では表現できない。でも、わたしにはそれが沖縄の匂いだと感じられた。わたしに沖縄の記憶はない。それでも、なぜだか沖縄の空気が懐かしいと感じられた。

「さ、行こうか」

真由美姉さんがタクシーを捕まえて、わたしに声をかけた。わたしはバッグを両手で持って姉さんの後を追う。バッグをトランクに入れて、タクシーに乗り込んだ。

沖縄孝月学園は、那覇市の中心街から少し山寄りの場所にあるという。どこをどう走っているかわからなかったけれど、なんとなく坂道を上っていると、大きな建物が現れた。ここが目的地らしい。

土曜日だというのに職員や生徒が大勢いた。全寮制だからだろうか。知らない学校に入るのは気後れする。でも真由美姉さんはずんずんと入っていって、入口の受付で名前を名乗って、構内を見学する許可をもらっていた。どうやら前もって電話か何かで申請していたらしい。母くらいの年齢の女性が出てきて、わたしを見た。女性は目をまん丸にして、「まあ」と言った。

よくわからなかったけれど、女性はわたしと姉さんを連れて構内を案内してくれた。教室。体育館。運動場。そして学生寮。施設はまだ新しく、全体に活気があるように感じられる。校内の雰囲気に馴れてくるにつれて、わたしはこの学校が好きになっていった。

女性が最後に案内してくれたのは、重そうな扉の前だった。女性がノックする。中から返事が聞こえて、女性がドアを開けた。広々とした室内には、一人の男性が立っていた。見覚えがある、と思った瞬間思い出した。学校案内の最初のページに載っていた人だ。ということは、この人は比嘉理事長か。

「こんにちは」

理事長は穏やかな声でわたしに語りかけた。真由美姉さんにでなく、わたしに。一瞬言葉に詰まったけれど、「こんにちは」と返す。

「玉城聖子さん、だね」

理事長はわたしの名前を呼んだ。わたしは首肯する。

「この学校を受験してくれるの？」

「……はい」

そう答えるしかない雰囲気だった。わたしの答えに理事長は目を細めた。右手を差し出してくる。わたしは反射的にその手を握った。

「あの事件では、取り返しがつかないほどの大きな損失があった」

理事長の視線がふと遠くなる。

「でも、君はこうして立派に成長した。それは私にとっても救いなのだよ。会えてよかった」

「……」

わたしは返事ができなかった。あの事件。それはハイジャック事件のことだろう。とすると、この人もハイジャック事件となんらかの関わりがあるのだろうか。

理事長の視線がわたしに戻る。

「もちろん入試において、君だけを特別扱いすることはできない。でも」

理事長は柔らかな力でわたしの手を握った。

「君には、ぜひ我が校の生徒になってもらいたい。――がんばりなさい」

なんて温かい言葉なのだろうか。わたしは胸が熱くなった。それだけでこの学校に来たくなる。そんな言葉だった。

短い会見が終わり、わたしたちは女性にお礼を言って学校を出た。帰りはバスだ。近くのバス停からバスに乗り込み、市街地へと向かった。

バスに揺られながら、わたしは先ほどの会見を思い起こす。理事長はわたしがハイジャック事件の人質だったことを知っていた。たぶん見学の申請をするときに、真由美姉さんが言ったのだろう。同じくハイジャック事件に巻き込まれた杉原麻里が出資している学校なら、人質だったわたしに対して、見学の便宜をはかってくれると期待して。だから理事長はわたしと直接会う気になった。理事長はわたしのことを救いだと言った。でも、だからといって甘やかしはしない。それがこの学校の教育理念なのだろう。そういった芯のしっかりとした考え方を、わたしは嫌いではなかった。この学校はわたしに向いている――そんなことを考えた。

那覇市の中心街で昼食を取って、わたしは真由美姉さんの案内で沖縄観光を楽しんだ。我が家と違って、伯父さん一家は頻繁に沖縄の実家に帰省している。だから姉さんは、観光案内はお手のもののようだ。午後の半日で相当密度の濃い観光ができた気がする。

「ホテルは国際通り沿いだけど、夜になったら空港に行ってみましょう。事件は、夜に起きたからね」

ブルーシールアイスクリームを食べながら、姉さんはそう言った。

どきりとする。記憶にないハイジャック事件。その現場に行っても、どうということはないはずだ。だいいち沖縄に到着したときに、すでに那覇空港に入っているわけだし。それでも事件と同じ日に、同じ時間に、事件の起きた場所に行くという行為はわたしの心を乱した。空を見る。すでに太陽は西に傾いていた。

まだ空に明るさが残っているうちに、わたしたちは空港に向かった。バスを降りて空港ビルに入る。まだ時間があるからと、真由美姉さんはわたしを連れて沖縄そば屋に入った。

沖縄そばというものがあることは知っている。でも食べるのははじめてだった。一口食べると、ラーメンともうどんともそばとも違う麵に「なんじゃこりゃ」と思ったけれど、食べ進んでいくうちにおいしく感じられるようになった。おつゆも最後まで飲み干したら、すっかり満腹になった。

真由美姉さんが腕時計を見た。「もう八時ね。そろそろ行きましょうか」

姉さんは見学者デッキに向かった。けれどそこは午後七時で閉まっていた。

「やられた」

真由美姉さんはおおげさに嘆き、わたしに困った顔を向けた。

「本当は見学者デッキからハイジャック事件の起きた滑走路を見ようと思ってたんだけど。仕方がないから、そこの窓から見ましょう」

わたしたちは大きな窓越しに滑走路を見た。外はすっかり暗くなっていて、窓に室内の様子が映りこんで見づらかった。でも慣れてくると、窓越しに発着する飛行機のランプがわかるようになった。

飛行機が一機、停まっていた場所から移動を始めた。ゆっくりバックしながら向きを変え、そして進んでいく。遠くの滑走路に進んでいき、そこから窓越しにもはっきりと聞こえるエンジン音を響かせて滑走を始め、あっという間に飛び立っていった。

「ああやって」真由美姉さんが言った。「ああやって飛び立つ寸前に、犯人が飛行機を乗っ取ったそうよ。そして聖子ちゃんを人質にとって、そのまま滑走路に留まった」

「そうなんだ」

わたしはそれだけ答えた。暗闇の滑走路を見つめる。また一機、離陸の準備をする。よーい、どんの直前の緊張感。それが機体から感じられる。そうか。このとき事件は起こったのか。そして父はここで挫折した。

そうは思ったけれど、正直ピンと来なかった。わたしがいるのはビルの中だし、事件は十一年も前のことだ。ここに来る前は不安だったけれど、来てしまえばどうということはなかった。

——そのとき。ふと気づいて上を見上げた。

月だ。

ほぼ満月に近い月が、空に明るく輝いていた。

もともと月は好きな方だ。父に殴られた後、一人ベランダでずっと眺めていることも多い。冷たく美しい月の光を見つめていると、心が落ち着く気がするのだ。

でも頭上の月は、今まで見てきた月とは違う気がした。

なんて綺麗な月。見るものを惹きつける月が夜空に君臨していた。わたしは長い間、魅入られたように月を眺めていた。

じっと月を眺めていたら、横で話す声が聞こえてきた。

「今日は、意外と人がいませんね」

男性の声だ。それに別の男性の声が答える。

「十周年は去年だったからね。去年は式典を行ったけれど、今年はわざわざ来る人もいなかったようだ」

「土曜日だから、今年の方が関係者が多いのかと思っていました」

「関係者は、本当は来たくなんてないだろう。事件の忌まわしい記憶が甦るからね」

十周年。関係者。事件。わたしの心臓が鳴った。横で話している人たちは、ひょっとしてハイジャック事件に関係のある人なのか？

思わず声のする方を向いた。

するとそこに、その人はいた。

「あの滑走路に、君は立っていたんだな」

年上の方の男性が語りかけた。若い方の男性がうなずく。

「ええ。あのときはそんな余裕がありませんでしたが、今考えればもったいないことをしました。滑走路の真ん中に立つなんて、そうそうできることじゃありませんから」

若い方の男性は静かに微笑んだ。若いといってもおじさんだ。おじさんの年齢はわからない。

年上の方は父より年長に見えて、若い方は父より年少に見える。その程度のことしかわからない。ただ、父と決定的に違うことがあった。二人とも背筋がすっきりと伸びている。そして何よりも違うのは、その目だ。目が活き活きとしている。人の顔を正面から見ることなく、よどんだ目を落ち着きなく動かしている父とは、まったく違う人種であるようにさえ感じられた。

年長の男性が小さく息をついた。窓の外に視線をやる。

「ここに来ると、君が英雄だったことをあらためて感じるよ」

若い男性は顔をしかめた。

「よしてください」

どくん。また心臓が鳴った。英雄だって？　わたしが聞いた限りでは、ハイジャック事件に英雄は一人しかいない。わたしを助けるために、命がけで犯人と交渉してくれた人——。

どさりと音がした。わたしの手からバッグが落ちたのだ。その音に、二人の男性が反応した。若い男性と目が合う。涼しげな眼差しがわたしを見つめていた。

「あ……」

声を出そうとしたけれど、出せたのはそこまでだった。突然目の前に現れた男性。この人は命の恩人なのか。そうであるならば、わたしはどのような声をかければいいのだろうか。わたしの喉は詰まり、男性は軽く首を傾げた。

わたしの両肩をつかむ手があった。真由美姉さんだ。姉さんはわたしの後ろから二人の男性を見つめていた。

「お話し中すみません。もしかしてあなた方は、ハイジャック事件に関係のある方ですか？」

若い男性が小さくうなずく。「ええ、まあ」

「あなたは？」

年長の男性が礼儀正しい口調で尋ねてきた。姉さんは答える。

「わたしは直接の関係者ではありません。でも、この子はあの飛行機に乗っていました」

年長の男性が目を見開いた。まじまじとわたしを見る。

「その子の年齢だと、事件当時は赤ん坊だったはずだ。琉球航空八便に乗っていた女の赤ん坊は二人しかいない。武藤(むとう)奈々(なな)と、玉城聖子……」

「玉城聖子です」

小さな声だったけれど、わたしの喉からようやく声が出た。そしてその小さな声は、年長の男性を硬直させた。唇が少し震える。

「じゃあ、人質になった——」

固まってしまった男性の傍らで、若い男性の方は年長者の半分の動揺も見せずに、わたしの顔を見た。

「そうか。君があのときの」

ゆっくりと歩み寄る。目の前に立った。少しかがんで右手を差し出してくる。その手を握った。

「仲間、仲間」

男性がにっこりと微笑んだ。引き込まれるような微笑みだった。男性が手から力を抜く。ほんのわずかな喪失感を伴って、男性の手はわたしの手から離れた。

「すみません。ついお話を聞いてしまいました」

真由美姉さんが横から言った。

「ひょっとして、あなたは聖子を助けるために犯人と交渉した方ですか？」

「うーん」

男性は困った顔をした。「まあ、結果的にそうなりましたが……」

歯切れの悪い言葉だった。照れているようにも見える。年長の男性が「そうですよ」とフォローした。

不意に真由美姉さんの雰囲気が変わった。怒り。苛立ち。普段なら絶対にわたしに見せない負の感情が、姉さんを支配しているように感じられ、わたしは思わず身をすくませる。

「従妹を助けてくださって、ありがとうございました」

硬い声だった。「でも、この子は今、不幸です」

若い男性が首を傾げる。「不幸？」

「はい。あの事件のおかげで、この子の父親は敗北者になりました。今、この子の家庭は崩壊寸前です」

真由美姉さんは二人の男性に向かって、父がどんなふうに挫折したかを話しはじめた。わたしは戸惑うばかりだ。初対面の人にそんな家庭の事情を話すことが非常識なことくらい、小学生のわたしだって知っている。それなのに大人の真由美姉さんが、まるで恨み言でも言うみたいに、父の様子を目の前の男性に向かって話し続けていた。

ふと思い出す。姉さんのアパートでの言葉。

――わたしは聖子ちゃんを助けてくれた人を恨むわ。

全員が敗北者になるのであれば、一人ひとりの敗北感は小さくて済んだ。それなのにたった一人が、まるで抜け駆けをするように英雄的行為をした。そのために敗北者の心の傷はより一層深くなった。姉さんが言いたいのはこういうことだろう。わたしにすら理不尽に映るそんな八つ当たりの相手を、姉さんは得てしまった。だからつい日頃考えていたことが口に出てしまったのだろうか。

突然文句を浴びせられた男性は、怒り出すでもなく、真剣な表情で姉さんの話を聞いていた。真由美姉さんが話し終えると、周囲は沈黙に包まれた。

「すみません」

真由美姉さんは下を向いた。顔がわずかに赤くなっている。「従妹の恩人の方に、失礼なことを申し上げました」

若い男性はゆっくりと首を振った。「いえ」と短く答える。そして再びわたしに顔を向けた。

「玉城さん、だっけ」

「はい」

わたしが答えると、男性は少しだけ悲しそうな顔をした。

「君はお父さんが嫌いなんだね」

「………」わたしは下を向いた。即答できるような質問じゃない。でもあれだけ姉さんが話してしまった。否定できるわけもない。わたしは本音を言うことにした。「はい」

男性はうなずく。

「君はお父さんが嫌いだ。でも、他人がお父さんの悪口を言ったら、嫌な気分になるだろうね」

「えっ？」

わたしは顔を上げる。男性は悲しそうな表情を強くした。

「だったら申し訳ない。私はそれを口にすることになる。というのは、私は従姉のお姉さんの話を聞いて、変な感想を持ったんだよ」

「変な感想？」

わたしが聞き返すと、男性はうなずいた。

「そう。お姉さんは、君のお父さんのことを弱い人間と表現した。どうも親戚一同、皆そう考えているようだ。けれど私は、そうは受けとめなかった。むしろ、お父さんは強い人間なんじゃないかと感じたんだ」

「ええっ？」

大声を出したのは真由美姉さんだった。目を見開いて若い男性を見る。「どういうことですか？」

ハイジャック事件で己の無力を悟り、自分と家族の身に起きたことを受けとめきれずに投げ出した人間なんて、弱い人間の極致だろう——姉さんはそう続けた。

しかし男性は頭を振った。

「私はそうは思いません。あなたの話だと、この子のお父さんは、自分と家族に降りかかった災難とその結果を、受けとめようとしたとのことでした。目を逸らしてしまいたい嫌な出来事から、一度は逃げずに受けとめようとした。それは、強い人間の発想だと思います」

男性は力のない笑みを浮かべた。

「本当に弱い人間はそんなことは考えません。私自身が弱い人間ですから、それがよくわかります。本当に弱い人間は、受けとめようなどとしないのです。弱い人間がすること、それは逃げることです。つまり責任転嫁。受けとめようとなど、はじめからしない。自分が娘を守れなかったという敗北感や挫折感をすべて他人のせいにして、自分は現実から目を逸らす。それが弱い人間です。でも、この子のお父さんはそれをやらなかった。強い人間ですよ」

「で、でも」

真由美姉さんは咳き込むように言った。「この子の父親はそれに失敗しました。決壊した堤防みたいに、あっけなく崩れていったんです。強い人間だとは思えません」

反論された男性は、静かにうなずいた。

「そうかもしれませんね。そこで確認したいのですが、あなたがこの子のお父さんを弱いと感じたのは、事件を受けとめかねて崩れていった過程をすべて見届けた後の感想としてのものですか？　それとも、酒に溺れて妻子を殴る姿を見ての素直な感想ですか？」

真由美姉さんは返答に詰まる。しばらく考えて、口を開いた。

「たぶん、後者です。そう。過程より何より、目の前で醜態をさらす叔父を、弱いと感じました」

「そうですか」

若い男性はまたうなずいた。

「それならこの子のお父さんは、弱い人間なんでしょうね」

真由美姉さんはきょとんとした。それもそうだ。目の前の男性は、さっきは父のことを強い人間だと表現しながら、今度は弱い人間だという。矛盾している。わたしにもこの人の真意はわからなかった。

「なるほど」

年長の男性が口を開いた。

「君の言いたいことは、こうだな。この子の父親は、弱い人間らしい。崩れていく過程を理性的に思い出した感想ではなく、普段の行動を見ての素直な感想ならば、そちらの方がたぶん正しい。でも君の考えによると、弱い人間は事件を受けとめようとはしない。それは強い人間の発想だからだ。とすると、この人が話してくれた、この子の父親が事件を受けとめようとして失敗したという、前提自体が怪しくなってくる……」

男性が笑った。

「さすが大迫さん」

男性は年長者を褒めたけれど、わたしにはまだわからなかった。わたしの理解に間違いがなければ、父は事件を受けとめようなどとしていなかったことになる。

若い男性は大きくうなずいた。

「そうなんです。私がこちらの方から話を聞いてあれっと思ったのは、まさしくそういうことです。素直な感想どおり弱い人間ならば、事件を受けとめようなどとはしません。この子の父親は、むしろ責任転嫁に走るのではないかと考えました。ここで考えなければなりません。ハイジャック事件の被害者が責任を押しつけようとする相手。それは誰でしょうか」

年長の男性は顎をつまんだ。「単純に考えれば、ハイジャック犯だな」

「そうですね」若い男性は一度うなずいた後、首を横に振った。

「犯人は当然憎悪の対象になります。けれど犯人というのは、意外と責任転嫁の相手にはならないんです。なぜなら、転嫁するまでもなく、いちばんの責任者ですから。今さら転嫁することはできません。責任転嫁するのは、本来なら同じ被害者の立場の相手でしょう」

あっ、と真由美姉さんが声を上げた。

「まさか、あなたですか?」

その言葉に、わたしも声を上げそうになった。被害者の立場で、しかもその人がいたために父の敗北感がより強くなった——それは目の前の男性ではないのか。

しかし男性は困ったように笑った。

「可能性としてはあり得ますが、残念ながら私はこの子のお父さんと、事件後に会ったことがありません。お父さんは行動を起こしていない。お父さんは酒を飲みながら私に対して恨み言を言ったりしてなかったのでしょう？　だったら、私ではありません」

なるほど。確かに父は「余計なことしやがって」などとこぼしてはいなかった。

「それじゃあ、誰なんですか？」

姉さんの質問に、男性はわからないの？　という顔で答えた。

「航空会社ですよ」

「航空会社？」

「そうです。ハイジャック機を運航していた琉球航空です。ハイジャック犯が武器を持ち込めたのは、空港警備の問題です。航空会社に責任はありません。だから事件に巻き込まれた被害者が恨むなら、本来は警察です。でも警察は基本的におっかないところです。ケンカしても勝てるはずがありません」

横で年長の男性が苦笑いをしている。ということは、この人は警察官なのだろうか。

「というわけで航空会社です。冷静に考えれば同じ被害者側なのですが、自分は料金を支払って飛行機に乗った客です。機内での出来事はすべて航空会社に責任があると考えるのは自然なことです。しかも航空会社は事件後、乗客に謝罪している。そう考えると、この子のお父さんが弱い人間だったら、自分で災難を受けとめることなどせずに、航空会社に責任転嫁したというのは、ありそうな話でしょう？　というわけで、お父さんは航空会社とケンカすることにしました」

「ケンカって……」姉さんがつぶやく。「乗客は航空会社を相手取って、集団訴訟を起こしています。ケンカしたのは、叔父だけではありません」

しかし男性はまた首を振った。

「本当に弱い人間は、それだけでは満足しないのですよ。なぜなら、自分はハイジャック事件に巻き込まれただけではなく、娘を人質に取られている。つまり被害者の中でも最高級の被害を受けた人間だと、自分を憐れむのが弱い人間です。そんな特別な自分が、他の凡百の被害者と同列であっていいわけがない。叔父さんはそう考えたのではないでしょうか」

「おいおい」

年長の男性が遮った。「さすがにそれは、想像が過ぎるんじゃないのか？」

わたしもそう思った。でも若い男性は動じなかった。

「もちろん想像です。ただ根拠はあります。この子のお父さんは、事件後明るく振る舞っていたそうですね。事件で落ち込むどころか、むしろこれで自分の運は開けたとまで言った。単なる強がりにしては豪気です。ひょっとして、お父さんは『運が開ける』という具体的な根拠を得ていたのではないでしょうか。だから事件にもめげず明るかった。運が開けたとは、一般にいって出世か収入でしょう。けれど勤務先がハイジャック事件を理由に出世させるとは思えません。するとお父さんがあてにしていたのは収入ではないでしょうか。会社によらない、臨時収入――」

わたしはお腹を両手で押さえた。嫌な予感が下腹に溜まっていく。この人は、いったい何を言いたいのだ？

それを年長の男性が口にした。

「君は、この子の父親が、琉球航空を脅迫していたというのか……」

男性は静かにうなずく。

「そうです。彼は責任転嫁をしたかった。自分が受けた苦しみを他人に肩代わりしてもらいたかった。自分の苦しみは最大級だ。他の乗客と同じでは癒されない。それならば、集団訴訟とは別に自分は補償を受けてもいいはずだ。そんなふうに考えてもおかしくありません。娘が死にかけた。どうしてくれると独自に航空会社に詰め寄ったのでしょう。和解金とは別に、その分の慰謝料をよこせと」

男性はふっと息をついた。

「でも、さすがに琉球航空は呑まなかった。正式な和解に向けて原告団と交渉しているのに、一人だけを相手に別交渉などできないからです。琉球航空はこの子のお父さんの要求をはねつけた。その過程で、自分で気づいたのか、それとも誰かに言われたのかはわかりませんが、彼が弱い人間ならば、おそらく誰かに諭されたのでしょう。娘が死ぬような目に遭ったのに、あなたはそれを利用して汚い金儲けをしようとしている。あなたはそれでいいのかと。その言葉が彼を突き落とした。自分が卑怯者だと、弱い人間だと自覚させられた。そのことが、彼を完璧な敗北者にした」

男性の話は終わった。周囲にまた沈黙が落ちた。

ぶるりとわたしの身体が震えた。父が、わたしを利用して航空会社を脅迫していたって？　信じられない。信じたくない。でも同時に、あの父ならやりそうな気がするとも思えるのだ。

目の前の男性は、いくら嫌いな父でも他人から悪口を言われると嫌な思いをするだろうと言った。それはそのとおりだ。でもこの人の話は、他の誰よりも正確に父の人間性を言い当てている気がした。そしてそんな人間がわたしの父なのだ。そう考えると、気が遠くなるような絶望がわたしを襲った。

わたしは抱きしめた。わたしの心にいつもいてくれる愛を抱きしめた。どんな状況でも、わたしを支えてくれた愛。それは目の前の男性が与えてくれたものかもしれない。わたしはそれを抱きしめた。

そうしているうちに、次第に心がほどけていった。父は弱い人間だった。それも、伯父や真由美姉さんが考えているのとは別の意味で、あるいは考えていた以上に。そしてその弱さ故に壊れた。そんな人間をわたしは父に持っている。

仕方がない。わたしはそこから逃げることはできない。父親を取り替えることなどできないのだ。それならばわたしは、父のようにならないと誓うだけだ。真由美姉さんはわたしのことを強いと言ってくれた。その強さを本物にする。沖縄孝月学園へ行こう。今から猛勉強して。そして父から離れて、わたしは自分の力で、自分に降りかかるすべてを受けとめられる人間になる。そしてそれを受けとめきって、平気な顔でいられる人間になる。わたしにはできるはずだ。だって、泥の海の中から助け出してくれた愛がついているのだから。

わたしは窓の外を見上げた。そこには月が輝いている。単に衛星と呼ぶには余りにも美しい星が。わたしはまた沖縄に来る。そしてこの月の下で成長してみせる。

「あの」

わたしは沈黙を破った。三人の大人の視線がわたしに注がれる。そのうち、若い男性の視線を正面から受けて、わたしは続けた。

「わたし、沖縄孝月学園を受験しようと思っているんです」

男性はほう、と唇を丸めた。

「沖縄孝月学園といえば、難関だね。そうか。あそこに行くのか」

「まだ合格してません」

わたしの反論に男性は笑った。愛情がたっぷりこもった笑顔だった。

「あそこはいい学校だよ」

そんなことを言った。単純に偏差値の問題を言っているわけではないのが、その表情から見て取れた。あそこなら君は自分を成長させることができる――沖縄孝月学園のことをよく知ったうえで、男性はそう言いたかったのだろうか。

「もし無事に合格して、無事に卒業できたら、また会っていただけますか」

「もちろんだよ」

若い男性は、わたしを命がけで助けてくれた男性は、目を細めた。

「卒業するのは六年後だね。その頃君は十八歳か。さぞかし素晴らしい女性に成長しているだろうな」

男性はもう一度わたしの手を握った。

「強く、美しい女性にね」

初出

貧者の軍隊　「小説宝石」二〇〇四年四月号
心臓と左手　「小説宝石」二〇〇五年二月号
罠の名前　「小説宝石」二〇〇六年四月号
水際で防ぐ　「小説宝石」二〇〇六年九月号
地下のビール工場　「小説宝石」二〇〇六年十二月号
沖縄心中　「小説宝石」二〇〇七年五月号
再会　「小説宝石」二〇〇七年八月号

◎お願い◎

この本をお読みになって、どんな感想をもたれたでしょうか。「読後の感想」を左記あてにお送りいただけましたら、ありがたく存じます。

なお、「カッパ・ノベルス」にかぎらず、最近、どんな小説を読まれたでしょうか。また、今後、どんな小説をお読みになりたいでしょうか。読みたい作家の名前もお書きくわえいただけませんか。

どの本にも一字でも誤植がないようにつとめておりますが、もしお気づきの点がありましたら、お教えください。ご職業、ご年齢などもお書き添えくだされば幸せに存じます。当社の規定により本来の目的以外に使用せず、大切に扱わせていただきます。

東京都文京区音羽一―一六―六
郵便番号　一一二―八〇一一
光文社　図書編集部

本格推理小説

心臓と左手　座間味くんの推理

2007年9月25日　初版1刷発行

著者　石持浅海
発行者　駒井　稔
印刷所　萩原印刷
製本所　榎本製本
発行所　株式会社光文社
東京都文京区音羽1
電話　編集部 03-5395-8169
販売部 03-5395-8114
業務部 03-5395-8125
URL　光文社 http://www.kobunsha.com
編集部 http://www.kappa-novels.com

落丁本・乱丁本は業務部へご連絡くだされば、お取り替えいたします。

© Ishimochi Asami 2007

ISBN 978-4-334-07661-0

Printed in Japan

Ⓡ本書の全部または一部を無断で複写複製（コピー）することは、著作権法上での例外を除き、禁じられています。本書からの複写を希望される場合は、日本複写権センター（03-3401-2382）へご連絡ください。

「カッパ・ノベルス」誕生のことば

カッパ・ブックス　Kappa Booksの姉妹シリーズが生まれた。カッパ・ブックスは書下ろしのノン・フィクション（非小説）を主体としたが、カッパ・ノベルス　Kappa Novelsは、その名のごとく長編小説を主体として出版される。

もともとノベルとは、ニューとか、ニューズと語源を同じくしている。新しいもの、新奇なもの、はやりもの、つまりは、新しい事実の物語というところから出ている。今日われわれが生活している時代の「詩と真実」を描き出す――そういう長編小説を編集していきたい。これがカッパ・ノベルスの念願である。

したがって、小説のジャンルは、一方に片寄らず、日本的風土の上に生まれた、いろいろの傾向、さまざまな種類を包蔵したものでありたい。かくて、カッパ・ノベルスは、文学を一部の愛好家だけのものから開放して、より広く、より多くの同時代人に愛され、親しまれるものとなるように努力したい。読み終えて、人それぞれに「ああ、おもしろかった」と感じられれば、私どもの喜び、これにすぎるものはない。

昭和三十四年十二月二十五日

KAPPA NOVELS

最新刊

石持浅海　本格推理小説
心臓と左手　座間味くんの推理
『月の扉』の座間味くんが活躍する珠玉の七編。

赤城　毅　長編伝奇探偵小説　書下ろし
虎落笛鳴りやまず　帝都探偵物語
怖るべき「虎」と哀しい母子の物語。

日本推理作家協会編　最新ベスト・ミステリー
名探偵の奇跡
赤川次郎ほか人気作家そろい踏み！

あさのあつこ　四六判ハード　長編小説
夜叉桜

森村誠一　四六判ハード　長編小説
復活の条件

幸田真音　四六判ハード　長編小説
Hello,CEO.

山崎多賀子　四六判ソフト
「キレイに治す乳がん」宣言！

霧舎　巧　本格推理小説
新本格もどき
新本格ミステリの粋、ここにあり⧄

梓　林太郎　長編推理小説　書下ろし
伊勢・志摩殺人光景
名勝に沈む夕陽が、父子の因果を照らし出す！

詠坂雄二
リロ・グラ・シスタ
the little glass sister
まさにぎりぎりの綱渡り——綾辻行人氏激賞！
KAPPA-ONE登龍門

岩井志麻子　四六判ハード
永遠とか純愛とか絶対とか
そして男は、地獄に微笑む聖母を目指す。

野中　柊　四六判ソフト　長編恋愛小説
その向こう側
二度とない、美しい季節。あまやかで繊細な恋愛小説。

大崎　梢　四六判ソフト　書下ろし
片耳うさぎ
この家に、入れちゃいけない「うさぎ」は誰だ？

浅田靖丸　長編伝奇小説　書下ろし
蛇神伝
活字史に残る超絶バトル！　血湧き肉躍れ!!

森　博嗣　四六判ハード
ZOKUDAM
Zシリーズ、まさかの続編、驚きの新展開!!

西條奈加　四六判ソフト　書下ろし
烏金
痛快！　傑作時代エンターテインメント。

柄刀　一　四六判ハード　書下ろし
密室キングダム
有り得ない。有り得ない。絶対に不可能だ。

東山彰良　四六判ハード　書下ろし
イッツ・オンリー・ロックンロール
迷っている暇はない。愚直に進め！

石持浅海　長編本格推理
BG、あるいは死せるカイニス
新しい"神話"にして石持本格の極北！

五十嵐貴久　本格推理小説
シャーロック・ホームズと賢者の石
世界を虜にしたホームズの魅力が満載！

平山夢明短編集　四六判ハード
ミサイルマン
突き刺され。これが小説だ。圧倒的な傑作集。

風野(かぜの)潮(うしお)　四六判ソフト　長編小説
マジカル・ドロップス
2時間17分の奇跡に、貴方は何を願いますか。

日本文藝家協会編　四六判ハード
平成十九年度(53)
代表作時代小説　人情と艶、想い溢れて
珠玉の全18編を収録した年度版アンソロジー。

鯨統一郎　連作推理小説
浦島太郎の真相
恐ろしい八つの昔話
殺人事件解決のヒントは、すべて昔話に？

内田康夫　四六判ハード
長野殺人事件
浅見光彦と竹村警部、両雄が巨悪に挑む！

笹本稜平　四六判ハード
恋する組長
軽快で洒脱なハードボイルド探偵小説、登場！

筒井ともみ　四六判ソフト
おいしい庭
いま、何を食べたい？　人生もっと遊ぼうよ！

東　直己　四六判ハード
抹殺
車椅子の殺し屋。美貌の介護人(ヘルパー)。生臭坊主。

菊地秀行　長編超伝奇小説
妖魔戦記
復活した工藤明彦を、600年の怨念が襲う！

西加奈子　四六判ハード・短編集
しずく
「女どうし」って、やっぱり面白い。六つの物語

皆川博子　四六判ハード・長編小説
聖餐城
凄惨にして華麗、比類なき皆川戦史劇！

勝谷誠彦　四六判ハード・連作短編集
彼岸まで。
不可避の出来事と対峙する人々を描くリアルな物語

樹林　伸　四六判ハード・恋愛小説
リインカーネイション　恋愛輪廻
昔の恋人と、再びめぐりあって始まる物語。

高任和夫　四六判仮フランス装・長編書下ろし
エンデの島
この国の理想の未来が、ここにある——。